不负韶华

——追忆『时代楷模』李夏

书同 吴宝成 著

联合出品：中共宣城市纪律检查委员会

全 国 百 佳 图 书 出 版 单 位
APTIME
时代出版传媒股份有限公司
安 徽 人 民 出 版 社

图书在版编目（CIP）数据

不负韶华:追忆"时代楷模"李夏/书同　吴宝成著.
—合肥:安徽人民出版社,2020.8

ISBN 978－7－212－10884－7

Ⅰ.①不…　Ⅱ.①书…　Ⅲ.①报告文学—中国—当代　Ⅳ.①I25

中国版本图书馆 CIP 数据核字（2020）第 134237 号

不负韶华——追忆"时代楷模"李夏

BUFUSHAOHUA——ZHUIYI "SHIDAIKAIMO" LIXIA

书　同　吴宝成　著

出　版　人:陈宝红　　　　　　　　选题策划:孙　立
责任编辑:黄牧远　王　琦　　　　　责任校对:张　春
装帧设计:陈　爽　　　　　　　　　责任印制:董　亮

出版发行:时代出版传媒股份有限公司 http://www.press-mart.com
　　　　　安徽人民出版社 http://www.ahpeople.com
地　　址:合肥市政务文化新区翡翠路 1118 号出版传媒广场八楼
邮　　编:230071
电　　话:0551－63533258　0551－63533292(传真)
印　　制:安徽联众印刷有限公司

开本:710mm×1010mm　　1/16　　印张:12　　　字数:110 千
版次:2020 年 8 月第 1 版　　2020 年 10 月第 5 次印刷

ISBN 978－7－212－10884－7　　　定价:36.00 元

·李夏（1986 年 7 月—2019 年 8 月）曾任安徽省宣城市绩溪县荆州乡党委委员、纪委书记，县监委派出荆州乡监察专员。2019 年 8 月 10 日，在抗击第 9 号超强台风"利奇马"中，突遇山体塌方，李夏为保护人民群众生命财产安全英勇牺牲，年仅 33 岁。李夏先后被追授"安徽省优秀共产党员""全省纪检监察系统先进工作者""安徽省青年五四奖章""安徽省人民满意公务员""中国好人"等荣誉称号。2019 年 10 月 23 日，中共中央宣传部发布李夏先进事迹，追授他"时代楷模"称号。

荣誉证书

追授 李夏同志

"时代楷模"荣誉称号，
特颁发此证书。

中共中央宣传部
二〇一九年十月

中国好人榜

"我推荐我评议身边好人"活动

姓 名：李夏

事 迹：乡镇干部抗台抢险中因公殉职

类 别：敬业奉献

省 份：安徽省

时 间：2019年8月"中国好人榜"

中国共产党安徽省委员会

皖〔2019〕178号

★

中共安徽省委关于追授李夏同志
"安徽省优秀共产党员"称号的决定

（2019年8月16日）

　　李夏，男，汉族，安徽黄山人，1986年7月出生，大学学历，2007年9月参加工作，2014年12月加入中国共产党，生前系绩溪县荆州乡党委委员、纪委书记，县监察派出荆州乡监察专员。今年8月10日，受9号强台风"利奇马"影响，宣城市绩溪县东北部普降大到暴雨，受灾最严重的荆州乡3小时降雨量达96.5毫米，山洪暴发、道路冲毁。在

中国共产党安徽省委员会

皖〔2019〕200号

★

中共安徽省委 安徽省人民政府关于
追授李夏同志安徽省"人民满意的公务员"
称号的决定

（2019年8月27日）

　　近年来，全省广大公务员认真学习贯彻习近平新时代中国特色社会主义思想和党的十九大精神，履职尽责，担当作为，服务群众，为全面建设现代化五大发展美好安徽作出了突出贡献，涌现出一大批先进典型人物，李夏同志就是其中的杰出代表。

　　李夏，男，汉族，安徽黄山人，大学文化，1986年7月出生，2007年9月参加工作，2014年12月加入中国共产

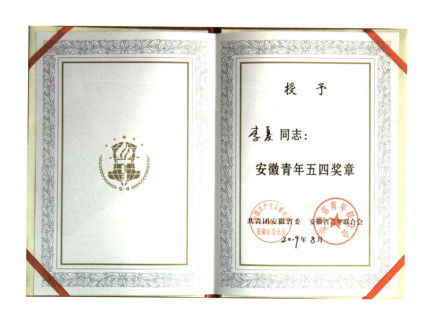

授　予

李夏 同志：

安徽青年五四奖章

共青团安徽省委　安徽省青年联合会
2019年8月

荣誉证书

HONORARY CREDENTIAL

授予：李 夏 同志

"宣城市优秀共产党员"称号，

特颁发此证书。

中共宣城市委
二〇一九年八月

荣誉证书
HONORARY CREDENTIAL

李夏 同志被授予：

第五届宣城市敬业奉献模范

宣城市精神文明建设指导委员会
二零一九年九月

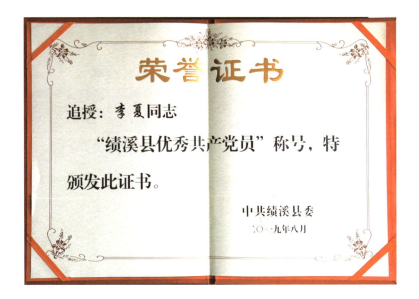

荣誉证书

追授：李夏同志

"绩溪县优秀共产党员"称号，特

颁发此证书。

中共绩溪县委
二〇一九年八月

·2012年春天，李夏（左）和同事一起植树

·2014年，李夏（右一）与浩寨村计生专干叶芬、大学生村官汪羚，前往长安镇浩寨村冯山下村民组走访调查途中，帮助老人提南瓜

·2016年5月，李夏（左二）在长安镇参加地质灾害点应急演练

·2016年12月9日，李夏在长安学校，组织召开"廉政文化进校园，崇廉尚俭伴成长"主题班会

·李夏（右二）指导高杨村党总支换届选举（一）

·李夏（右一）指导高杨村党总支换届选举（二）

· 2018 年 6 月 23 日，李夏（中）在高杨村召开"两委"扩大
会议

· 2018 年 6 月 29 日，李夏（中）与同事在长安镇大源村核灾

·2018年7月6日中午，长安镇高杨村党建指导员李夏（左一）在村党组织换届中与相关人员谈心谈话

·2018年7月17日，李夏（主席台左一）在"讲严立"推进会布置相关工作

· 2019 年 1 月，李夏（中）在参加绩溪县委巡察工作中，与巡察组人员一同查看资料

· 2019 年 1 月，李夏（左）参加县委巡察工作，深入家朋乡幸福村贫困户家中核实有关信息

·李夏（中）参加荆州乡关工委关心下一代成长基金会议及奖学金发放仪式（一）

·李夏（左一）参加荆州乡关工委关心下一代成长基金会议及奖学金发放仪式（二）

·李夏（右）慰问困难群众

·李夏（右一）在长安镇高杨村走访贫困户

· 李夏（主席台左一）参加县委巡察工作

· 李夏（左）利用晚上时间走访贫困户

· 李夏（左）在长安镇财政所开展公务接待督查

· 李夏（左）在荆州乡方家湾村走访群众时，帮助村民整治卫生环境

· 李夏（左）在荆州乡下胡家村帮扶贫困户汪云安家中走访

· 李夏（左三）在杭州纪检监察培训中心参加研讨交流

·李夏（主席台左一）组织召开"讲严立"专题警示教育推进会

·李夏（左一）在长安镇高杨村走访汪自华贫困户

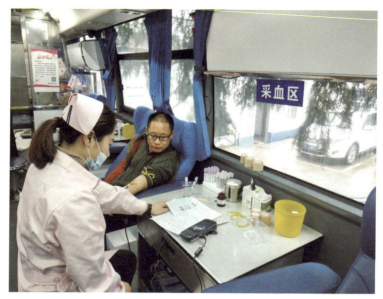

· 李夏在长安镇参加义务献血

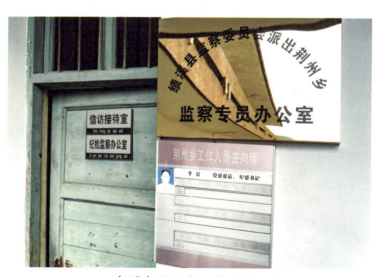

· 李夏在荆州乡工作的办公室

· 李夏在荆州乡宿办合一的办公室

· 李夏在荆州乡住过的宿舍

·李夏在长安镇用餐的食堂

·李夏在长安镇住了几年的宿舍

·李夏工作了将近八年的长安镇政府

·李夏同志先进事迹陈列馆

· 陈列在李夏同志先进事迹陈列馆的廉政笔筒

· 群众自发组成的护送队将李夏同志遗体从荆州乡运出

· 2019 年 10 月 20 日上午，长安镇高杨村党员、群众自发组织到李夏同志墓前悼念

· 李夏同志牺牲地点（塌方前）

· 李夏同志牺牲地点（塌方后）

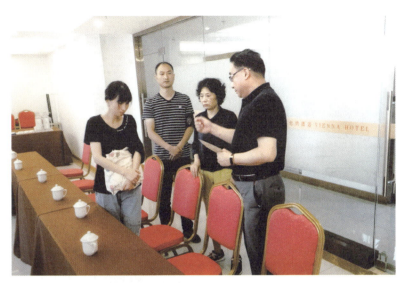

· 2019 年 8 月 12 日下午，宣城市委常委、纪委书记、监察委员会主任王为明亲切看望慰问李夏同志家属

· 2019 年 8 月 15 日下午，时任宣城市委常委、组织部部长于静波到屯溪亲切看望慰问李夏同志家属

·《人民日报》刊发文章《为百姓，他不曾犹豫半分》

·中央电视台《"时代楷模"发布厅》现场，中宣部副部长梁言顺向李夏同志妻子宛云萍颁发奖章和证书

·新华社刊发通稿《换得秋实一夏花》

· 高杨村菊花开放了

· 荆州乡党委在李夏出事地点建设纪念公园

· 李夏担任党建指导员的高杨村

· 被泥石流折断的百年古树

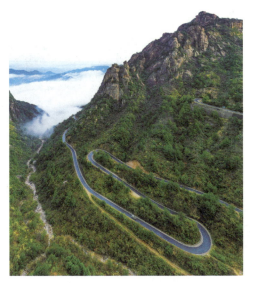

· 蜿蜒曲折的皖浙天路

· 高杨村机耕路修好了，村民又开始栽种菊花

·汪云安老人记着李夏的话，寂寞时就拉一段黄梅戏

·章树花老奶奶向本书作者说，她要向李夏学习

目 录

引　子

　　进入 2019 年 8 月上旬,绩溪县荆州乡一年中最热的日子快要结束了,漫山遍野的山核桃树,果实累累,即将进入采收季,勤劳的山民们,正提前做着各种准备。

　　人们正在忙碌之中,中央气象台 8 月 7 日 18 时发布台风蓝色预警,今年第 9 号台风"利奇马",已于 7 日下午 5 时,由台风级加强为强台风级,下午 5 时,其中心位于浙江省象山县东南方向大约 1050 千米的西北太平洋洋面上,中心附近最大风力有 14 级(42 米/秒)。

预计,"利奇马"将以每小时 15 千米左右的速度向西北方向移动,强度还将继续加强,最强可达超强台风级(15~16 级,48~55 米/秒),并逐渐向浙江沿海靠近,预计 9 日夜间到 10 日上午,将在浙江中北部一带沿海登陆;7 日晚间开始,逐步影响华东区域直至本周末。

8 日早晨,中央气象台继续发布台风警报,第 9 号台风"利奇马"已于昨天晚上加强为超强台风级,早晨 5 时,其中心位于浙江省象山县南偏东方向大约 880 千米的西北太平洋洋面上,就是北纬 22.4 度、东经 126.0 度,中心附近最大风力有 16 级(52 米/秒)。预计,"利奇马"将以每小时 15 千米左右的速度向北偏西方向移动,逐渐向浙江沿海靠近,10 日白天将在浙江中北部一带沿海登陆。

荆州乡位于皖浙交界处,距浙江象山直线距离约 350 千米,逐渐加强、步步紧逼的台风"利奇马",引起荆州乡党政干部和群众的警觉,他们开始以各种方式做好应对防范工作。

8 日上午,乡党委委员、纪委书记李夏,去下胡家村下村党村民组,看望所联系的贫困户汪云安老人,向他通报台风消息,查看住所安全情况,但一连跑去三次,都没有见着。晚饭后,李夏再去下胡家村,与村支书胡向明一起,商量应对台风工作,要求村"两委"干部必须全部在岗在位,做好防范工作。随后,他像一桩心事未了似的拉着胡向明,又去了汪云安家。这时老人屋里的灯亮着,正准备洗漱睡觉了。李夏进屋就问:"汪老,今天去哪了呀,怎么一天都没看见你人?""呵呵,我到女儿家去了。"老人憨憨地答着话。"马上台风就要来了,你在家要小心点,刮风下雨了,躲在家里不要出去。"李夏叮嘱道。"好,好。"汪老感激地回答。

回头路上,李夏对胡向明说:"都75岁的老人了,一个人住,很孤单的。我们要经常来看看他。"

8月9日一大早,荆州乡天空开始变暗,乌云逐渐增多,空中不时洒下零星的雨点。乡党委书记舒添巍赴县城,参加全县防范台风工作会议。10日凌晨,"利奇马"在浙江温岭沿海登陆,登陆时中心附近最大风力16级。下午1时左右,荆州乡境内雨势逐渐加大,至下午3时许,狂风大作,暴雨如注。

下午3时35分左右,乡人大主席王全胜接到胡向明电话,报告乡敬老院就要进水了。王全胜匆匆下楼,经过二楼楼梯口时,见李夏正趴在办公桌上抄写东西,急急喊道:"小李,乡敬老院就要进水了,我们赶紧一起去看看!"李夏立即放下手头的工作,鞋子也没换,拿起一把雨伞,就和王全胜一起下了楼。

这时,胡向明已站在乡政府门口,见他俩一下来,就立即领着他们向敬老院奔去。

荆州乡境内本无过境之水,仅有一条短短的荆州河(百姓习称石门亭河),自西南向东北流贯全境。平时清澈见底的荆州河,现在突然变了模样,像一只狰狞的怪兽,肆意地发出阵阵吼叫,咆哮的河水裹挟着泥沙,像脱缰的野马一样横冲直撞。

眼看着河水就要漫过通往敬老院的水泥桥面,胡向明在前,王

全胜和李夏随后,快速通过水泥桥,一路向敬老院跑去。他们刚刚跑到敬老院门口,那座水泥桥就完全被洪水淹没,只剩下桥的栏杆立在河面上。

敬老院在荆州河南岸,是一座典型的徽派建筑院落,住着18位老人。由于河水涨得飞快,当李夏他们到达敬老院时,大门口已经进水,老人们惊慌失措、乱作一团。他们一边安抚老人们的情绪,一边迅速查看每个房间,和敬老院院长胡金水一起,扶的扶,推的推,快速将老人们转移到了地势较高的房间。

就在这时,王全胜又接到村民求救电话。由于敬老院大门已被洪水堵住,他们只能从后门离开。临走时,李夏叮嘱胡金水:"一定要照顾好老人们的安全,有什么事及时和我联系。"

王全胜、李夏刚出敬老院后门不远,站在半山坡上,就看见河边通往胡今古、章树花老人家的路也已被洪水淹没,大水正朝他们家灌入,情况十分危急。

他们踩着崎岖的山路,跌跌撞撞向胡今古家赶去。三人中李夏最年轻,又是城里长大的,王全胜担心他走不惯山路、出意外,就说:"小李,你还是回敬老院去,协助院长看护老人。"李夏说:"洪水这么大,灾情这么重,我和你们一起去,多一个人,多一分力量!"

当他们赶到时,胡今古、章树花老夫妻和另外一位老人,正忙着搬运家中的菜籽油、玉米棒等物品。这时,河水还在快速上涨,三位老人身处险境之中,必须立即转移。可老人们舍不得门前的玉米、一楼的桌椅等,不肯撤离。他们帮着来来回回把东西搬上二楼。李夏一边搬,一边恳切地对老人们说:"大伯,大妈,安全第一!玉米没了,可以再种!快点和我们一起走吧!"随后将他们转移到后面山坡上的人家。

刚安顿好三位老人,又有村民报告:下胡家村村口出现了塌方,情况危急!

下胡家村村口紧邻皖浙公路和荆州河,几株参天古树,一座土地小庙,以及近年修建的体育健身设施,平时是村民休闲健身的好去处。可现在,山上垮塌下来的泥石,已经堵住道路。他们三人一面向村口奔走,一面清理路面上的石块、树枝,以便抗洪救灾车辆顺利通行。

当他们赶到塌方附近时,山坡上又一棵大树轰然倒下,裹着沙石冲到路边,带倒了旁边的电线杆。李夏迅速拿出手机拍下照片,并立即编发图片信息到乡工作微信群,提醒大家注意:"下胡家村土地庙这里塌方,树倒下来把路拦了,电线疑似被打断。"此时已是10日下午4时25分。

就在这时,一对母子正从这里经过。大雨不停地下着,山上的小股泥石流正慢慢滑下来。为防出意外,他们迎面走过去,李夏朝他们大声喊道:"这个地方非常危险,你们赶快离开!"

护送母子俩安全离开后,他们又快速返回村口。

几分钟后,三人再次回到村口。此时,山上突然传来刺耳的巨

响。李夏急忙问王全胜:"上面什么声音?"王全胜判断是塌方,喊道:"不好!塌方了!快跑!"顷刻之间,山上的沙石、泥土、树木,倾泻而下。胡向明迅速倒退着往回跑,还没站稳,就看见泥石流形成的巨大气浪,把李夏猛冲到下面的小路上,王全胜也被推出两米多远,摔倒在地。

已经看不清现场的胡向明,立即拨打李夏的电话,可是已经打不通了。从地上爬起来的王全胜,惊骇之中发现李夏不见了,立刻大声呼喊:"李夏!李夏!你在哪里?你在哪里……"可现场除了风声、雨声、洪水声,已没有任何回音,李夏已被巨大的泥石流吞没!

这时是 2019 年 8 月 10 日下午 4 时 37 分。一个年轻的生命,就这样消失了!

紧接着,第二波、第三波泥石流接踵而至,将路亭、电线杆冲倒,将村口两棵几百年树龄的古树拦腰冲断,将道路掩埋。

王全胜、胡向明站在风雨之中,依旧拼命地呼喊,四处焦急地寻找。

很快,附近的乡亲们陆续赶来了,县乡两级党委、政府组织的救援队带着救援机械也赶到了。

此时全乡已断电,道路被严重损毁,事故现场混合着泥土、石块和折断的树干。因为担心被埋着的李夏受伤,救援十分谨慎。大家冒着大雨,在泥土中,在砂石中,在树枝中,在河岸边,一处处查找,一遍遍搜寻。

　　8月11日凌晨6时许,历经13个小时搜救,在荆州河下游约2千米处的王仙庄村,村民发现了李夏的遗体。他静静地卧在一棵小山核桃树下,上衣已被洪水撕裂,脚上的鞋子已被洪水卷走,没有了生命迹象。

　　闻讯赶来的村民和乡村干部、公安干警一道,将李夏从河滩边抬出。由于荆州公路多处中断,20多名干部群众自发组成了护送队,翻山越岭5个多小时,将李夏的遗体从荆州乡运送到绩溪县殡仪馆。

　　当李夏的遗体经过胡今古、章树花老人家门口时,夫妇俩失声痛哭,75岁的章树花老人紧紧跟随着护送队伍,一遍遍念叨:"多好的孩子啊,还这么年轻,怎么就走了……"经过村干部多次劝说,她才停下了跟随的脚步。

　　据气象部门资料显示,2019年第9号超强台风"利奇马",为近几十年来登陆我国的第五强台风。据国家应急管理部统计,截至8月14日,台风共造成浙江、安徽、江苏、上海、山东等省市1402.4万人受灾,56人遇难,14人失踪,直接经济损失515.3亿元。

第一章 　生命来时路

1

新安江水碧悠悠,两岸人家散若舟。几夜屯溪桥下梦,断肠春色似扬州。

这是作家郁达夫笔下的屯溪,一座美丽的皖南山城。1986 年 7 月 30 日,李夏就出生在这美丽山城的一个普通工人家庭。因为生在夏天,父母给他取名"李夏"。

其实,这个家庭既普通又不普通。普通的是,李夏的爸爸妈妈都是普通工人,而不普通的是,李夏的爷爷奶奶都是南下的老干部。

20世纪70年代,爷爷李根全调任徽州地区汽车配件公司经理,全家从休宁搬到屯溪。南下的时候,为响应党和国家号召,李根全安排了工作后,奶奶周瑞清就在家里带孩子,直到后来因子女众多,爷爷一个人的工资养不活一家人,奶奶才找了个临时工作。按政策规定,李根全退休后享受离休待遇,奶奶因为没有正式单位,享受不到这个待遇。后来曾有人怂恿奶奶去上访,但李根全坚决不让。他对老伴说:"成千上万的战友都在我身边倒下了。我从部队到休宁时只有两只箱子,从休宁到屯溪时已经有一拖拉机东西。现在有退休工资,有医疗保险,还有什么不满足的!"

李夏就生长在这样的一个家庭。

黄山市的前身是徽州地区,市区所在地屯溪向为皖南重镇,因横江、率水等诸水汇流,故名屯溪。李夏和爸爸妈妈与爷爷奶奶住在一起,他们的家紧邻新安江畔,一江清流,两岸人家,小城的风采尽收眼底。

因为担心李夏这个"命疙瘩",爷爷奶奶看管得格外严,绝不允许他到水边去玩,甚至连马路也不让他去。他家旁边有个大铁门对着公路,爷爷用石头砌了一个凳子,每天放学的时候,他就坐在石凳子上等孙子回来。

爷爷奶奶的老家在山西省屯留县,他们身上,既有老辈人的传统思想,又有坚定的革命理想信念。爱国家、爱人民、踏实做事、老实做人、乐于奉献、不贪便宜,这些大小道理,在他们看来,都是天经地义的,不需要经常挂在嘴上。李夏和爷爷奶奶睡在一个房间里,爷爷睡一张床,李夏和奶奶睡另一张床。"祖孙夜话"说了十几年,爷爷打仗的故事,奶奶支援前线的故事,李夏自然也听了不少。

慈爱的爷爷1999年去世了。爷爷去世那天,李夏上学去了,等到中午放学回家,听说爷爷没了,他一路哭着跑到客厅,长跪在爷爷的遗像前,久久不肯起来。

父亲李启亮,年轻时瘦瘦的身材,白净的脸,一头浓发,人长得很帅。妈妈褚虹,身材苗条,眉清目秀,很有气质。李启亮原来也在徽州地区汽车配件公司工作,后来公司效益不好,下岗了。下岗后,他在当地邮政部门找了个开车的工作,虽然工资不高,但他很珍惜。2009年,他不幸得了脑出血。得病后,他的情绪一直很低落。褚虹细心地照料他,总是劝慰他说:"你要好好活着,以后李夏的孩子还要我们带呢。"

在医生的建议下,李启亮做了手术。但手术后不仅原来的症状没有减轻,反而留下了癫痫症。随着病情渐渐加重,李启亮最后成了植物人。

那时,李夏已在铜陵市地震局工作了,只能利用节假日回来,到医院陪伴父亲。同病房的人都对褚虹说:"你家儿子真孝顺啊!怕他爸着凉,钻在被窝里伺候他爸。"

李夏对妈妈说:"我们要把爸爸照顾好,只要爸爸在,我们就还是一个完整的家。"

——追忆"时代楷模"李夏

    李启亮在床上躺了8个多月后，还是依依不舍地离开了人世，年仅47岁。他去世那天，李夏还远在铜陵上班。接到电话后，他立即向领导请了假，匆匆赶回家。看见父亲躺在床上，脸上已经覆盖着黄表纸，露在外面的双手蜡一般黄，李夏一下子扑倒在父亲身上痛哭不止，任亲人们怎么拉都拉不开。

    父爱是一缕阳光，让人的心灵即使在寒冷的冬天，也能感到温暖如春；父爱是一泓清泉，让人的情感即使蒙上岁月的风尘，也会依然纯洁明净。李夏将爸爸对他的每一点好，都牢牢刻在心上。他记得小时候，和爸爸妈妈一起出去玩，要么爸爸扛着他，要么爸爸妈妈一边一个牵着他，总是把他呵护在手心里；每次和同学出去玩，爸爸总是不放心，隔一段时间就会给他打电话，要他注意安全，要他晚上早点回家。

    如今爸爸走了，完整的家已不复存在，电话那头再也听不到那分殷殷牵挂。一想到这，他就心如刀绞，泪如泉涌……

    李夏的化学老师兼班主任陈建勇，平日和李夏父母关系都不错，但自从李夏高中毕业后，大家见面的次数就渐渐少了。一次同学聚会上见到李夏，陈老师便问起李夏父亲的情况。这一问，又一下子打开了李夏情感的闸门，让他再次触碰到心底的伤痛。伤感之下，平常不能喝酒的他，竟然喝醉了。当出租车司机把他送到小区楼下，他已支撑不住，躺倒在地上。妈妈接到邻居的电话，外套都没来得及穿，就赶紧跑到楼下，一下子冲过去，心疼地把儿子紧紧搂在怀中。

第二天早晨清醒后，他对母亲说："妈妈，昨晚喝多了。我同学吴鹏飞也喝多了。我先把他送回家后，再打车回来的。后来的事情就不记得了。"

褚虹心疼儿子，说："傻儿子啊，你自己都保护不了自己，还保护别人啊？"

作为独生子女的李夏，父亲的早逝，让他感到孤独无助，同时也使他突然长大成人，意识到一个男人应该承担的重任。他对母亲说："我已经没有了爸爸，再也不能没有妈妈。"

2

李夏小学是在屯溪第三小学就读的，后来第三小学并到第七小学，校名改为屯溪长干小学，他在那里度过了快乐的童年时光。

屯溪长干小学，是一所创校近百年的名校。1920 年，开明绅士沈度如利用自家房舍，在屯溪长干塝创办"达成小学"，1932 年，学校由休宁县接管公办，他将全部校产无偿捐献。1965 年，学校改称屯溪第七小学。1997 年，恢复原校名屯溪长干小学。

长干小学的办学愿景是：办一所充满阳光和富于智慧的学校。

让孩子在学习中感受到生活和生命的美好,引导每一个学生把自己的能力发挥到极致。该校的校训是:路虽远,行则将至;事虽难,干者必成。

后来李夏在自己的工作日记中写下座右铭:极耐得苦,故能艰难驰驱。这似乎可以在校训里找到渊源。

在长干小学就读的几年时光里,老师的殷殷教诲,爷爷奶奶、父亲母亲的循循善诱,使李夏建立起完善的人格以及积极向上的世界观、人生观和价值观。

走过革命年代的爷爷奶奶,很少对李夏说大道理,经常挂在嘴边的,就是要他堂堂正正做人,认认真真做事,为人要厚道善良,不贪小便宜。在学习上,父母从不给他太大的压力,只希望他长大后能自食其力就行。但母亲对有些事要求比较严格,她要儿子做事必须有条理、有计划,当天的事情必须当天完成,前一天晚上就要想好第二天要做哪些事情。

母亲总是刀子嘴豆腐心,对儿子的爱总是无微不至的。李夏爱吃什么,母亲最清楚,买菜做饭,尽量选他爱吃的做;李夏个子长高了,衣服小了,她会到商场左挑右选,尽量让儿子穿得舒适。

有天放学,母亲去接他回来,发现他衣服背后有个鞋印。看见儿子受了欺负,褚虹又心疼又生气,当场就要去找老师问个明白。见母亲生气了,李夏就说:"妈妈,不要去找老师了,我自己不觉得疼,同学是不小心踢到我后背的,不是故意的。"

在母亲的管教下,李夏从小就知道爱惜东西,自己的东西也都收拾得好好的,小时候母亲给他买的一个 CD 机,他一直仔细保管着,直到今天还保留着。

李夏很孝顺,跟爷爷奶奶特别亲,好吃的东西,总会记得给爷爷奶奶尝一尝。只要在屯溪,他就经常去外公外婆家,夏天的时候,会提前帮他们把吊扇擦干净。姨妈褚军也特别喜欢李夏,夸他会做事,是那种说话少、做事多的实诚人。

和绝大多数男孩子一样,到了初中阶段,李夏有了一些自己的"小秘密",放学后,偶尔会和三四个同学偷偷跑到游戏室打游戏。这个"小秘密",母亲可能一直都不知道。但因几次考试成绩下降,母亲故意刺激他说:"学习是你自己的事,学好了,将来找工作容易一点,你自己不要太受罪。要考不好,你就是拖三轮车,也没关系。我要推得动,就在后面帮你推一把。"

李夏的成绩在班里中等,不好也不坏,他性格好,从不惹是生非,老师同学都很喜欢他。

中考结束后,李夏成绩平平,上屯溪一中差了一点。妈妈对他说:"我们家的条件你知道的,我和你爸爸都下岗了,花钱读一中,我们读不起。你就填二中或者其他什么学校吧。"

这时的李夏,已开始有了自己的主见。他能体会爸爸妈妈的难处,但读屯溪一中,他还是有胜算的把握。在一番思想斗争后,他还是"违背"了妈妈的意见,在志愿表上填写了屯溪一中。

高中三年,李夏学习努力,积极进取,经常参加团课、学雷锋月等志愿服务活动,树立了积极向上的人生观和价值观。他和发小吴鹏飞从初中到高中一直是同学,两人性格相近、情同手足,都属于"乐善好施"的人,对自己比较吝啬,对朋友和家人却非常大方。偶尔同学聚会,他俩都会主动抢着付钱;同学家里有什么事,只要他们知道了,也都会主动去帮忙。

家庭环境一定程度上决定一个人的生活态度。在吴鹏飞心目中,李夏是那种欲望不强、想法不多的人,平平常常的生活,他就很满足。但他又是个很坚强的人,再多的苦,也不会轻易告诉别人,总是满脸阳光、笑对人生。

李夏的本分老实,也很得陈建勇老师欣赏,陈老师与李夏,亦师亦友,总是期望他学有所成,将来走上社会,能有更大的建树。

由于父亲当时在厂里跑业务,平时工作比较忙,对李夏的管教也就不多。母亲虽然比较严格,但她也不是只关心儿子考试的分数,而是更尊重儿子的想法。她的最大希望,是儿子要平平安安、健健康康,长大后做个对社会有点用处的人。

高考时,由于没有发挥出正常水平,李夏考得不是太好,没有达到本科分数线。爸爸妈妈并没有责怪他,反而安慰他说:"自己尽了力就行了。以后再继续努力。"填志愿时,爸爸妈妈想让他报省内的高校,毕竟离家近,生活方便一些。但他又一次"违背"了父母的意愿。19岁的李夏思想成熟,他像许多男孩子一样,希望走得远一点,并且选一个比较有特色、就业前景比较好的院校。父母尊重他自己的选择，李夏成了北京燕郊防灾科技学院应急救援专业的一名学生。

3

2007年7月，李夏从防灾科技学院毕业。半年后，通过社会招考，进入铜陵市地震局信息中心工作。地震局安排他和退伍军人宛韵龙合住一套房子。

宛韵龙有个妹妹叫宛云萍，也在铜陵市工作，周末休息的时候，经常来看哥哥。宛云萍身材高挑，瓜子脸，不怎么爱说话，非常朴实。

李夏从宛韵龙处了解到，他们老家是庐江农村的，他妹妹宛云萍1987年出生，在铜陵市一家大型服装企业上班。

不久，李夏就和宛云萍认识了。

李夏没有谈过恋爱，宛云萍也没有谈过恋爱。但两人一见面，却似乎都有一种熟悉的感觉。特别是宛云萍，不善言辞，一讲话脸就红，让李夏觉得特别美好。

随着渐渐熟悉，他俩开始找一些理由单独相处。他们常去的地

方,是地震局后面的螺蛳山,螺蛳山上有一个亭子,每次去玩的时候,他俩就坐在亭子里聊天,天南海北,兴趣爱好,事业理想,一聊就是大半天。

螺蛳山的情话讲了两三年,他们的爱情也渐渐成熟了。

一开始,李夏的母亲并不十分满意,因为云萍家是农村的,学历也不是很高,她担心小两口以后生活上会有隔阂。她们一家人都希望李夏最好在屯溪找个女朋友,将来生活方便一点。

李夏对母亲说:"云萍虽然书读的不多,但很懂道理,性格也淳朴。"母亲听出他的意思,就对他说:"我们的想法归我们的想法,只要你自己喜欢,我们都不反对,我们全家都会爱你所爱。"

美好的爱情会超越物质。但一些别出心裁的小礼物,却能增加爱情的美好。

李夏属虎,2010年是他的本命年。为了表达藏在心中的情义,也为了留一个纪念,宛云萍想来想去,就给李夏绣了一个带老虎图案的钱包。这个老虎钱包,李夏很珍惜,一直带在身上,还将宛云萍的照片放在里面,想她的时候就拿出来看看。因为在服装公司上班,她又利用休息时间,用厂里的残次品和废弃布料,给李夏做了件天蓝色外套。这件衣服,李夏穿在身上,暖在心里。

2011年9月,已经考取绩溪县乡镇公务员的李夏,到长安镇报到后,利用国庆假期,带着宛云萍去杭州好好玩了一趟,这是他们恋爱以来,走得最远的一次。

　　杭州游程就要结束的那天晚上,他对宛云萍说:"云萍,我要送你一样东西。"宛云萍说:"那你拿出来呀。"当李夏把礼物拿出来时,宛云萍才发现,原来是个很小的玻璃瓶子,上面写着"你是我今生唯一"几个字。李夏让她打开瓶子。她将瓶子打开后,发现里面有一张卷着的纸条。她又将纸条展开,只见上面用铅笔写着:我李夏在此保证,今生不负宛云萍,并且保证她不受任何危险的威胁,一生都要爱护她,让她快快乐乐地和我在一起。2011.10.3 杭州。

　　这份"爱情保证书",令宛云萍感动得哭了。

　　这次游玩,宛云萍买了两个瓷挂件,上面分别写着"一生平安李夏""一生平安宛云萍"。从杭州回来后,两个瓷挂件就一直被他俩分别珍藏着,既作为第一次出游的美好回忆,也作为对彼此的美好祝愿。

　　2013 年 2 月 2 日,农历腊月二十二,这对相爱四年多的年轻人,结婚了。

　　结婚那天,当妈又当爹的褚虹,先对儿子说:"你结婚后,不要嫌弃云萍学历低,要好好对人家。"又对儿媳说:"李夏是个老实本分的人,以后也许当不了什么官,你们在一起要好好生活。"

4

屯溪的江心洲,形状狭长,四面被新安江水环绕,是一座美丽的江心小岛。江心洲与两岸由新安大桥相连,是市民休闲娱乐健身的好去处。李夏的家就在距这江心洲不远的地方。

张爱玲说:"一个人,一座城,一生心疼。"结婚后,李夏心中惦记的人,除了母亲,又加了一个人。因为工作关系,他最多只能一个星期回屯溪一次,有时轮到周末值班,就两个星期甚至更长时间回家一次。一般星期五到家的时候,天已经很晚了,第二天宛云萍要上班,周日他又要返回工作岗位,因此只有星期六的晚上,一家人才能聚到一起。这个宝贵的周六夜晚,李夏、宛云萍、母亲褚虹,后来还有女儿婉儿,他们一家人就会到江心洲去散步。

他陪着母亲、妻子,跟着女儿,沿着江边的环形跑道,在参天大树下说着、笑着、唱着、叫着,留下了一行行幸福的足迹。每周能回来陪家人散散步,成了李夏最幸福的时光,也是他给家人的最好补偿。

宛云萍是农历八月初二出生的,她习惯过农历生日。奇怪的是,从谈恋爱到结婚,这几年好像每次宛云萍过生日,都碰到李夏在单位值班,好像他故意这样做似的。

他对宛云萍说:"你每次过生日都赶上我值班,搞得我都不知道怎么给你过生日了。"为了能给妻子过一次生日,快到她生日的时候,他就总是在手机上翻看,看那天他到底有没有时间。

现在年轻人都喜欢在谈恋爱时或纪念日给女朋友买礼物,女孩子谈恋爱的时候,也都喜欢男朋友给自己送花。但宛云萍和李夏谈恋爱的时候,李夏却很少送花给她。结婚后,有次情人节,宛云萍看见满大街都是买玫瑰花的情侣,她叫李夏也去买。结果李夏只买了20块钱的玫瑰花茶,还对宛云萍说:"你看,这些花茶泡起来比玫瑰花好看吧,而且还能喝。"

在宛云萍记忆中,李夏并不是舍不得买花送给她,而是有自己表达爱的独特方式。

每到结婚纪念日的时候,李夏都会给宛云萍买小礼物。第一个纪念日,他买的是一条手链。第二个纪念日,他又买了一把梳子。外面一把梳子才几块钱、十几块钱,但他从网上买的这把梳子,要130多块钱。宛云萍怪他乱花钱,买的东西不实用。李夏对她说:"你不是说梳头总掉头发吗?这个梳子是原木的,很环保,梳头不会掉头发的。"

有次宛云萍在网上看到一个包很漂亮,就截了图发给李夏,网上要60多元钱。李夏看了之后,又在其他网店搜,发现同款的包包,有的价格高得多,他就买了300多元的那种。宛云萍很喜欢,就是嫌

贵了一点。李夏说:"要买就买贵点的,同样的款式,价格贵的肯定质量要好点。"

比起对工作、对党的事业的大爱,李夏对家人的爱,是细腻的、温暖的。他做的很多事情,都让宛云萍难以忘怀。

刚结婚的时候,宛云萍和婆婆褚虹一起生活在屯溪,邻居也都不认识,李夏又在绩溪工作,一个星期才能回来一次,她因此感觉特别孤独。宛云萍本来话就很少,就整天把自己关在房间里;等李夏回来的时候,她的话才会多一些。

看到妻子这样,李夏很心疼,说:"我娶你回来,就是希望你每天都开心快乐。如果有什么事,你可以直接说出来,没有必要憋在心里。"

"我不知道怎么说。"宛云萍说。

"想说什么就说什么呀。你脑子怎么这么笨呢?"李夏笑着,用手指点着云萍的头。

宛云萍怀孕的时候,家里的长辈都说肯定是个男孩。其实大家都是老思想,都希望她生男孩。但谁能保证一定生男孩呢?李夏就故意当着长辈的面对宛云萍说:"要是女孩就好了,我可喜欢女孩了!你要是生了女孩,以后啥事也不用你干,都由我来做。"

果然,宛云萍生下女儿后,长辈们有些不高兴。为了安慰宛云萍,让她在长辈们面前不至太难堪,李夏就故意经常在他们面前说:"我最喜欢女孩了,我最喜欢女孩了。"他这样说,宛云萍听了之后,觉得既温暖,又十分感动。

宛云萍生产那天,正好是个周五,李夏提前从绩溪赶回来了。那天晚上,一开始宛云萍并没有感到肚子有多疼,但李夏却特别紧张,老是催着她上医院。

刚到医院一会儿,宛云萍的肚子就开始疼了起来。李夏就在那里抱着她。先是一阵一阵地疼,后来疼痛加剧。快到凌晨两点钟的时候,宛云萍疼得几乎站不起来了。因为是夜里,医生不在。李夏就央求护士说:"有没有空余的床位了?没有床的话,在走廊里搭个床也行,我老婆疼得都站不起来了。"

护士说:"再等等。"

李夏蹲下来,让宛云萍坐在他的腿上,安慰她说:"你要疼得受不了就叫,叫出来就好受点了。"

但宛云萍已经疼得没有力气叫了。李夏紧紧攥着她的手,看到她疼得满头大汗,就用纸巾一个劲地帮她擦。最后,宛云萍竟然疼得晕了过去。

熬过了艰难的一夜,2013 年 11 月 9 日上午 10 点半,他们的女儿出生了。看到护士把宛云萍从产房推出来,李夏急忙跑过去问:"老婆,老婆,你感觉怎么样?"宛云萍用微弱的声音说:"我还好。"

回到病房,李夏在床边看着刚出生的女儿傻笑。宛云萍对李夏说:"你有了女儿,不会不要我了吧?"

李夏说:"怎么会呢。"

宛云萍故意说:"那你刚才怎么把我放在过道中间呢?"

李夏赶忙笑着说:"我是先去看看,免得以后搞错了。"他得意地对宛云萍说:"我们的宝宝右耳朵有两个耳垂,以后不会弄错了。就算丢掉了,我也能找到。"

有了孩子后,李夏尽量每个周末都赶回去。每次回家,他都帮着做饭洗衣。吃过午饭,宛云萍一般要休息一会儿,但一睡就睡到傍晚。他总是说:"不要睡了,我带你出去兜兜风。"他骑电瓶车带着宛云萍,沿着屯溪市区外围的马路,一兜就兜一整圈。有时宛云萍不肯出去,要睡觉。他就逗着说:"你睡觉像小猪一样,太恐怖了。"

有人说:"爱的最高境界是经得起平淡的流年。"真正的爱,不是一时浪漫的激情,也不是惊天动地的表白,而是一分自然而然的牵挂,一分不动声色的关怀,一分设身处地的体贴,一分如影随形的惦念。可以想象,忙碌了一天的李夏,每到晚上和妻子视频聊天,那是一件多么幸福的事情,视频的两端将两颗心紧紧地拴在一起,无论辛劳艰难、酸甜苦辣,心中有爱,便总是晴天……

5

家是最小国，国是千万家。中国人的家国情怀，在李夏的家庭，得到很好体现。

李夏的父母都曾是下岗职工，但他们失业不失志，用勤劳和坚毅，经营着一个快乐温馨的小家庭，为儿子健康成长努力创造条件。父亲的不幸早逝，让李夏从"男孩"陡然成长为一个"男人"。面对着母亲、妻子、女儿他生命中三个最重要的人，他意识到强烈的责任和担当，在家里要努力做一个孝顺的好儿子、体贴的好丈夫、慈爱的好父亲，在社会要努力做一个顶天立地、能为他人带来快乐的人。

他始终记得父亲去世时他对母亲说的话："我已经没有了父亲，再也不能没有母亲。"长期在偏远乡镇工作，与家人聚少离多，他格外珍惜每次相聚的机会，节假日回家总是尽量待在家里，或陪母亲下厨房，或帮妻子做家务，或与女儿玩游戏……这也是他最难得的休闲时光。

女儿大名叫李溪妍，小名叫婉儿。名字是李夏给起的，"溪"就是屯溪的意思，"妍"就是希望女儿长得漂亮、每天都开心快乐。女儿刚出生的时候，李夏一边查字典一边给女儿起名字，起了很多个

名字让妻子选择。母亲也帮着起了不少个,一开始她起的小名叫格格,后来还是李夏改的,叫婉儿。

褚虹是那种思想开明、颇有见解的女性。她从小教育李夏,长大后一定要自食其力,做个善良的人,要对社会有担当。李夏在外地工作后,她虽然心里挂念,却不放在嘴上,从不要求他提前回家或者推迟回单位。孙女出生后,她周一到周五帮着宛云萍带孩子,买菜做饭,但周末李夏回来了,母亲就让他们自己带,要求他们必须学会独立生活。

有一天,褚虹带着孙女在小区里玩,刚会走路的婉儿一不小心摔倒了,周围的邻居急忙上前去扶。褚虹却说:"不要扶不要扶,让她自己爬起来。"邻居们都笑她心狠,她却讲出一番大道理:"为什么现在很多人对社会不满、对家庭不负责任,就是因为小时候家长对小孩子太宠爱了,造成很多年轻人对社会没有责任感。虽然李夏父亲走得比较早,但我对李夏一点都不溺爱,该他们承担的责任,我一定让他们自己担起来。"

母亲的严格甚至严厉要求,李夏依稀记得,这些"基因"一样的东西,让他不管在生活还是在工作中,往往表现出果敢、坚毅、敢于担当,这与他对同事、对朋友友善,主动帮助需要帮助的人不无关系。

由于李夏很长时间才回家一次,女儿和他并不亲近。有的时候工作忙,李夏好几个星期都不回来一次,宛云萍就和他开玩笑说:

"你这么忙,以后女儿长大了,都不知道她爸爸长啥样哦。"

李夏懂得珍惜,因此只要无特殊情况,他就尽量周末回家。每到周五,婉儿会习惯地把爸爸的拖鞋放在门口等他回来。如果等不到爸爸回家,她就会生气,嘟起小嘴学奶奶教她的"坏话",骂爸爸"臭李夏"。李夏一般周日下午就返回单位,每当此时,女儿就不让他走,与他"纠缠",必须奶奶出来说"爸爸要上班了",她才会松手。

一眨眼,婉儿开始上幼儿园了。由于宛云萍普通话不是很标准,每次李夏回来都会教女儿学拼音、认字,宛云萍则教数学和钢琴。有次婉儿认字不认真,李夏教了半天,她一个字都不认识,李夏气得把书卷起来打了女儿的屁股。被爸爸打了,婉儿委屈得不得了。碰巧那天奶奶出去办事了,等晚上奶奶回来的时候,她一下子从床上爬起来,哭着扑到奶奶怀里,把小屁股给奶奶看,告状说李夏打了她屁股。

虽然打得不重,不过就是做做样子,但等晚上女儿睡着的时候,李夏还是轻轻拍了拍女儿屁股,心疼得不得了。

婉儿不知遗传了李夏和宛云萍谁的基因,喜欢弹钢琴。有的时候李夏周末没有回来,宛云萍会带她出去逛街,有好几次走到琴行的时候,婉儿就会停下来,站在那里听人家弹琴。宛云萍对李夏说了这个事,李夏就打算给女儿买一架钢琴。但李夏一个月拿到手的工资也就3000多元,宛云萍还拿不到这么多,除了日常开销,一年余不了几个钱。宛云萍不同意买。李夏说:"既然女儿喜欢,我们还

是别的方面节约点,省钱给她买一架。这也是一种投资啊。"最后还是李夏说服了宛云萍,花了2万多元买了一架钢琴。

李夏虽然很爱女儿,但像他妈妈爱他一样,不是一味地溺爱。有时婉儿要看电视玩游戏,但如果布置的作业她没做完,李夏就不允许女儿看电视。他会对女儿说:"如果我教给你的字都认识,我就陪你玩游戏。"

6

幸福是靠奋斗得来的。徽州地区向称东南邹鲁,人们深受程朱理学影响,勤劳俭朴,有"徽骆驼"之称。李夏的家庭不富裕,但一家人各自尽力、齐心协力,简朴的小日子也过得有滋有味。

平时妈妈褚虹买菜做饭,还在阳台上养着好几盆花草。她说:"家里种些花草,显得比较有生气。"由于李夏平时工作忙碌,家里的一切事情,都由母亲和妻子分担了。为了照顾女儿,宛云萍在离家不远的一个单位找了份工作,从家到单位步行也就10分钟路程。她平时也不怎么上市场,要买东西,就等到李夏周末回来一起去超市。

宛云萍的老家在庐江县农村,他们每次回老家都很不方便,需要坐几个小时的长途汽车,中途还要转车。每次颠来颠去,云萍和女儿都会晕车。看到老婆和女儿晕得那么难受,李夏很心疼,就说:"云萍,我们争取尽快买辆车。"

对于他们这个家庭来说,买一辆车实在是件大事。就算可以贷款,也要考虑还贷能力。他们小夫妻俩商量来商量去,没有什么更好的办法。

但他们最终还是凑钱买了一辆比较便宜的奇瑞轿车。选车的时候,李夏叫上好友吴鹏飞,让他也帮助参谋参谋。为了买车,宛云萍把结婚时候母亲给她压箱底的钱都拿出来了,又回老家凑了一些,前前后后凑了3万多。不够的部分,又贷款5万。2017年3月,当他们高高兴兴把车子开回家,口袋里只剩了400元,成了实实在在的"穷光蛋"。

拿着这400元,李夏和宛云萍都尴尬地笑了。宛云萍说:"这点钱你拿着吧,你在外面上班花费的地方比较多,我在家里吃饭,基本不用花什么钱。"接过这些钱,李夏不知道说什么好。

车子买回来后,宛云萍有时也想学开车,但李夏担心她的安全,不让她学。平时车子放在家里,李夏周末回来就练一下。大概一个月后,李夏才敢开车到绩溪去上班。

自从买了车后,每逢"五一""春节""十一"这样的长假,李夏都会提前买好礼物带上妻女,然后开两三个小时的车,去看望远在庐江农村的岳父一家。

李夏总是爱笑,加上脸蛋圆圆的,非常可爱。宛云萍的父母很

喜欢李夏，李夏和她父母关系也非常融洽。岳父宛传富平时很少喝酒，但每次李夏来，他都要买两瓶啤酒，爷俩坐在那里慢慢喝，慢慢聊，仿佛有说不完的话，有时一顿饭能从傍晚吃到晚上八九点。李夏的胃不好，也不怎么能喝酒。但为了岳父开心，他会一直陪着、聊着。

庐江地处在巢湖水乡，家家户户门前屋后都有水塘。每次李夏一去，岳父就会背上渔网，带他一起去打鱼。对农村的一切事情，李夏都觉得很有趣，有时去的时候，还会帮岳父量田。因为在农村工作，村民因为田地的事情，经常会发生一些纠纷，他就借机向岳父请教量田的方法，以便碰到这样的事好处理。岳父喜欢下象棋，但苦于没有对手，因为子女们很少陪他下棋。李夏每次去，知道老爷子有这点爱好，就主动陪他下棋，每每酣战不休。李夏担心岳父平时在家无聊，就在手机里帮他下载了下象棋的软件，这样他们不在的时候，岳父就会在手机里下。

宛云萍的父母都是地道的农民，一辈子没见过什么世面，但勤劳善良，爱子女，爱子女所爱的人。每次李夏他们回来，都是他们最快乐的节日。他们最担心孩子们的安全，最期盼孩子们幸福。他们经常对女儿说："两个人在一起不要吵架，什么事情能自己做的就自己做，不要依靠父母，即使自己再没有钱，也不要为了钱的事情吵架。"

都说父母是孩子的第一任老师，家长的一言一行都对子女的成长产生非常重要的影响,甚至可能影响子女的一生。

有这样的父母教育和做榜样,宛云萍和李夏从没有因为钱的事闹过矛盾,李夏不在家的时候,她就和婆婆一起操持好家庭、教育好女儿,让李夏在外工作安心。

第二章 追梦长安

1

2011年初秋的一天,李夏在母亲褚虹陪同下,来到绩溪县长安镇报到。从这一天开始,他成了一名中国最基层的乡镇公务员,将青春和梦想的脚步,扎实地踏在最具泥土芬芳的大地上。

到过绩溪的人都知道,这可是一块名人辈出的风水宝地,抗倭名臣胡宗宪,制墨大师胡开文,红顶商人胡雪岩,新文化运动旗手胡适,中国第一个农学界女教授曹诚英,工农商学兵,每一个都叫人刮目相看,难怪人称"邑小士多"。绩溪的自然风貌也令人称绝,横亘于县城西北的翚(徽)溪山(习称"徽岭"),将全县分作"岭南"和"岭北",大小溪流或汇入新安江,或流入长江,崇山峻岭,层峦叠嶂,一派壮丽景象。

长安镇属岭北,与胡适、曹诚英的故乡上庄连成一片,有217省道与扬(州)绩(溪)高速、205国道相连,在绩溪算得上交通比较便利的乡镇了。从第一天踏上这块土地,李夏就被它的纵横丘壑、桑麻田园所吸引,为自己能在这块土地上耕耘收获,感到庆幸和充实。

刚开始,他被安排在镇社保所工作。所里就他一个人,除了社保登记收费外,不忙时,就被抽到其他岗位使用,危房改造、美丽乡村建设、森林防火、抗洪抢险,不一而足。

一天,他跟着一个村干部骑电瓶车下村。在路上,正好遇着镇民政所所长汪来根。汪来根问:"你们这是去哪里?"李夏从车上下来,回答说:"我让村干部带我到村里去看看危房改造情况。"

汪来根猛然想起李夏刚来报到的那天,在食堂里第一次看见他,个子不高,穿件圆领汗衫,戴个眼镜,话也不多,文质彬彬的,就是一个很普通的刚毕业的大学生模样。这才几天,一个外地人,刚来不久,就不用镇里干部带着,主动到村里去开展工作,这可不是一般年轻人能做到的。

李夏经常和章毓青一道下村。章毓青是从伏岭镇调过来的,担任镇人大副主席,比李夏年长近20岁。但章毓青性格随和,与年轻人处得来。按照分工,他临时负责危房改造工作,李夏则负责美丽

乡村建设工作，由于两项工作关联度高，他们就经常一起走村入户。

大概就是从那个时候起，电瓶车在乡村迅速普及开来。在乡镇工作，尤其是在山区乡镇工作，山环水曲，斗折蛇行，没有一辆电瓶车还真麻烦。因为刚来不久，收入也不高，李夏暂时还没有买电瓶车。章毓青年纪大，又不敢骑电瓶车。李夏就经常借同事的电瓶车，带着老章到处跑。

徽州村落大多依山临溪，远远看，粉墙黛瓦，高低错落，十分好看。但走进去，却往往是另一回事，残砖碎瓦、猪栏柴垛，很煞风景。特别是许多老房子，年久失修，既不安全，也影响观瞻。看到这些情景，李夏常常替村民们担心。

他对章毓青说："乡村美不美，我觉得首先要安全，要干净，要整洁。房子都要倒了，东西堆得乱七八糟的，怎么美得起来哟？"在乡村生活惯了的章毓青，倒没有想那么多。但他非常赞成李夏的观点，并夸他有思想有出息。

他们下村的主要任务是宣讲危房改造、美丽乡村建设相关政策，对各村情况进行排查摸底、审核验收等，有时还帮环卫工一起打扫卫生、装运垃圾。长安镇危房改造任务比较重，一共有400多户。考虑到村民们生产忙，尽量不让群众多跑路，李夏就经常和同事主动上门、现场服务。遇到村民不在家，大门进不了，他就借个梯子爬上房，看看人家房子有没有改造到位。同事们笑他太认真，他说："房子不是小事哦，是老百姓的切身利益，不查看细一点怎么行？"

　　乡镇工作事务繁杂，条件比较艰苦，不少年轻人考乡镇公务员，往往都是先搭上一脚，过不多久，再通过各种途径调走。

　　老章一开始也怀疑李夏是来"镀金"的。但处的时间长了，他发现这个小伙子与别人有些不一样。他工作非常主动，不管是不是领导吩咐，也不管分内分外，什么事都愿意干。更可贵的是，每天总见他乐呵呵的，好像一点儿心事都没有，更别说要调走的事。老章还听说有县直单位想调他，竟然被他婉言谢绝了。

　　章毓青有一次故意问他："小李，你真打算在乡镇里干一辈子啊？"

　　他说："是呀，乡镇挺好的呀，我喜欢和老百姓打交道，和他们在一起，我心里很踏实。"

2

　　一年后，李夏从社保所调整到镇党政办，担任政府文书兼档案管理员。

　　镇党政办是综合枢纽，除了收文、发文、计划、总结、报表、会议安排、上级来人接待等工作外，还要承担档案管理、美丽乡村建设、检查督察等工作，李夏在这里整天忙得抬不起头。这些工作不仅使

他充分体会到基层公务员的艰辛,也让他快速了解到乡村基层的实际,领略到一名基层公务人员应有的担当。

党政办一共三个人。李夏家住屯溪,除了周末,平时基本吃住在镇里。每天早上,他就将办公室打扫干净,开水烧好,将书记的办公室也整理好。上班后,再和大家一起进入日复一日、无休无止的忙碌中。

李夏工作照

天下大事,必作于细。档案工作看似平淡无奇,却是连接历史与现实的桥梁。由于缺乏专人,长安镇的档案管理工作一度处于停滞状态。李夏接手后,看到那么多杂乱无章的文件、计划、总结、干部任免等材料,的确有一种"剪不断,理还乱"的感觉。好在离家远,不用天天回家,平时住在镇里,晚上时间可以充分利用。他将一摞摞头绪纷繁的文件,逐一拣选、分类、编目、登记、装订。一开始他连手工装订也不会,在办公室主任姚菊荣手把手指导下,硬是学会了这门"传统工艺"。有几次,由于不熟悉档案管理软件,怎么摸索也摸索不出来,他还把电话打到县档案局去了。

经过几个月的条分缕析,全镇积存多年的零散文件,终于被一一整理归档,并在此基础上,完善文件收发管理的制度规范,档案管理工作一下迈入全县先进行列。

一个人有无责任心,要从大事上观察,也要从小事上分辨。李夏的热心、耐心、责任心,在许多小事上,给大家留下深刻印象,赢得很好的口碑。

作为一名追求进步的年轻人,李夏到长安镇工作不久,就向党组织递交了入党申请书,主动要求在急难险重岗位建功立业,在最危险的时刻,奉献自己的青春和热血。2014 年 12 月,经党组织批准,他成为一名正式党员。在思想汇报中,他写道:"入党作为我人生的一种志向和追求,作为自己实现人生价值取向与理想信念的目标,是一项无比神圣而光荣的事,回想着自己被组织接纳、成为预备党员的那一刻,我感到一种归属感、一分荣誉感。"在被批准为正式党员那天,他兴奋地告诉母亲:"妈妈,我终于成为一名正式党员了,我要牢记党的教育培养,吃苦在前,享受在后,遇到困难挺身而出,为共产主义奋斗终生!"

李夏(左)在长安镇财政所开展公务接待督查

　　长安镇群众习惯中午或傍晚时分到镇里来办事,那个时间,干部基本上都下班了。李夏吃住在镇上,就多了些帮他们办事的机会。有好几次,他正在食堂吃饭,听见有人在院子里喊,他就端着饭碗跑出来。如果是盖个章复印点材料什么的,他就放下饭碗,立刻去帮他们办了;办不了的事,他也会热情地告诉人家,什么时候来,找什么人,从来没让人家觉得政府门难进、脸难看。

　　时间一长,老百姓渐渐认得他了,都知道这个爱笑的小伙子叫李夏,而且一传十、十传百,传出一个好名声:"有事情,找李夏。"

　　一个周末,他在回屯溪的高速公路上接到电话,一位村民向他咨询医保问题。这时他已调离社保所,但他还是接应了下来。他在分管医保工作的同事和村民之间，来来回回"倒电话"，一边咨询一边解释，前前后后十几个电话，手机都打得发烫、没电了。那个村民说得真好："李夏，我不记得别人电话，就记得你的。"

李夏的爷爷奶奶老家在山西长治地区屯留县，家里平时基本上说"山西普通话"。李夏读大学后，在北京燕郊生活几年，日常交流几乎全用普通话。绩溪虽然与屯溪相邻，但屯溪人会说绩溪话的很少。令人佩服的是，到长安镇工作不到一年，李夏就能听懂"十里不同音"的绩溪方言，还能俏皮地学上几句，如"鸡脚"（记者）、"美女"（面鱼）、"河塌驴"（小河鱼）、"花花"（虾子）、"波逮"（板凳），等等。

一天，宛云萍带着女儿到镇上来看他，恰巧遇到一位老奶奶来办理与农保相关的事。老奶奶说的那一口方言，简直就是"外语"，宛云萍一句也听不懂。但李夏却与她谈得头头是道，一会儿就将事情办好了。"你听不懂吧？"李夏炫耀地对老婆说，"绩溪这里'十里不同音'，能听懂这里的方言可不容易哟。"

绩溪方言是中国八大方言中徽方言的一支，与相邻的几个县，发音差别较大。绩溪人有一个特点，无论在哪里，天南海北，只要碰到一起，讲话一定只讲绩溪话，外地人要想听懂很难。高杨村支部书记王庆华曾好奇地问李夏："你什么时候学会我们绩溪话的？"李夏说："2011年刚来的时候，我就在学了。在绩溪工作，不学绩溪话，怎么听得懂群众讲的话呢？"他还告诉王庆华，学绩溪话说难也难，

说不难其实也不难,就是像学外语一样,一个单词一个单词地记。现在年轻人都会两套语言,一套绩溪话,一套"绩普"(绩溪普通话),交流不成问题。关键是老年人,他们不会讲普通话,绩溪话最原汁原味,要学就得跟他们学。他说:"我跟食堂里的厨子老奶奶学了不少呢。"

2013年10月下旬的一天,章毓青带着李夏及镇财政所的工作人员下村查看危房改造。长安镇的山山岭岭、坡坡坎坎上,零星的黄山贡菊已经开放。这天,他们要去的是浩寨村冯山下村民组。因为天气好,去的人又比较多,路途也就三四千米,他们就一起沿着217省道步行前往。

村计生专干叶芬、大学生村干部汪羚,待他们一行人到达后,就陪他们一起去冯山下村民组。

拐下217省道、步入通村水泥路后,正好碰到一位老大娘从坎子上摘南瓜走出来。老人身材矮小,十分瘦弱,手挎竹篮,步履蹒跚。李夏见状,热情地跑上前去,笑盈盈地说:"大妈,您家住哪里呀?我们来帮您提回家吧。"边说边把身上背着的照相机递给章毓青,腾出手来帮老人提篮子。老人被李夏的热情打动,一下子不知说什么好:"哎呀,你真是个好人哪!不用麻烦,不用麻烦。"李夏明白这是老人客气,就说:"没事的,我们正好也是去您家的村子。"听到这样说,老人才松了手,让李夏把南瓜提着。

汪羚看篮子里有好几个南瓜,赶紧跑过去说:"我们一起抬吧。"

于是,大家有说有笑,抬着南瓜朝村里走去。

老太太实在感激得不得了,一路上不停地念叨。她那浓重的绩溪方言,大家也不明白具体是什么意思,但大家都明白,老人是在向他们表示感谢。

叶芬边走边小声地向他们介绍,老人名叫许最轩,是村里的低保户,老伴很多年前就去世了,她本人身体也不好,儿子又是聋哑人,母子俩相依为命,靠着政府的低保和简单的务农收入维持生活。

2014年,李夏(前右一)前往长安镇浩寨村冯山下村民组走访调查途中,帮助老人提南瓜

章毓青看着李夏和汪羚抬着南瓜,叶芬陪着一起往前走,老太

太高兴地跟在后面,大家都那么开心,突然被这和谐温馨的画面打动。他赶忙端起相机,跑到他们前头,迅速按下快门,拍下了这张令人难忘的照片。

其实,许最轩老人并不住在冯山下村,而是住在距冯山下村一千米左右的白沙庙桥头,和李夏一行人要去的冯山下村不是一个方向。但李夏却坚持将老人先送回家,再绕了个圈,才回到冯山下村继续开展工作。

回来路上,大家依旧是一片话语一路笑声。汪羚问李夏:"夏哥,傻笑什么呢?什么事让你这么开心?"

李夏说:"我天天都是这么开心啊!"

以满心的善良,吹拂着满面春风,带给他人快乐,也让自己开心,这大概就是李夏的人生观、价值观吧。

3

在长安镇几年的工作表现,李夏得到上上下下充分认可,2013年至2015年,他连续三年考核优秀,被县委、县政府记三等功。

新来的镇党委书记高道飞,在多个岗位主过政,他通过几件小事,就看出了这小伙子的优点,讲政治、顾大局、乐奉献,觉得他"是这块料"，要给他压压担子。

2016年3月，经镇党委研究并报县纪委同意，李夏被任命为长安镇纪委副书记，协助纪委书记章毓青工作。

为了尽快熟悉纪检业务，不仅当好"副手"，更成为一个"能手"，经过主动争取，李夏到县纪委挂职锻炼了两个月。通过集中学习纪检监察基础性政策文件，认真阅读《中国纪检监察报》和《中国纪检监察》《党风廉政建设》等报纸杂志上的典型案例，特别是跟随县纪委干部现场调查办案，他深刻体会到纪检工作的重要性、严肃性，来不得半点马虎，对"从严治党永远在路上"有了更进一步的认识。

一天晚上，在微信视频时，宛云萍突然发现他的微信名改成了"在路上"。她问李夏："你怎么把微信名改了呀？"李夏说："我最近正在学习习近平总书记的一系列重要讲话，总书记关于'不忘初心、牢记使命'的那些论述，我听了真的很感动、很受教育。我将微信个性签名也改了呢。"宛云萍翻看他的微信个性签名，果然改了，一段很长的文字："初心不因来路迢遥而改变，使命不因风雨坎坷而淡忘！"

李夏担任纪委副书记后，2017年2月，又被提拔担任镇纪委副书记、监察室主任，他一连处理了大大小小四五个案件，清理了一批陈年旧账，较好地履行了监督执纪职责，解决了全面从严管党治党"最后一千米"问题。

下五都村桓坛村民组组长许长生（化名），任职期间，主持修建

了进村道路,当时除上面下拨了一部分资金外,村民也筹集了一部分资金。道路修好后,有人举报他贪污修路款,而许长生却说,村里还欠他和另外一个支部书记15000元。公说公有理,婆说婆有理。这件事已过去了好几年,查证起来的确有些麻烦。

为了将事情来龙去脉搞清楚,给举报者一个交代,还干部一个清白,李夏和章毓青反复找相关人员谈话,多次上门找当时代账的老会计了解情况。由于老会计年纪大了,好多事情都想不起来了,事情一度陷入困局。

2017年春上的一天,李夏又来到老会计家,一边帮他剥笋子,一边启发他回忆账款的事:"您再好好想一想,当时村里人推选您出来,也是信任您。现在出了这样的事情,如果账目搞不清楚,很可能要冤枉好人啊!"老人只好又认真地到处翻找。你还别说,较真有时候还真管用。村里欠许长生15000元的欠条,终于被找到了,盖了村里的公章。一桩多年前的纠葛,就这样被化解了。

2017年11月8日至12月27日,安徽省委第七巡视组对绩溪县进行巡视。巡视期间接到群众举报,称长安镇镇头村党总支书记胡文兵(化名)在2014年换届选举中,存在拉票竞选问题。巡视组将问题线索移交县纪委处理。

当时中央纪委刚刚查处了辽宁省人大拉票贿选等案件,"拉票贿选"一时间成为舆论热词。长安镇村支书"拉票竞选"问题,因此也受到较高关注。

村级换届选举是农村基层组织建设的一项重要内容,直接关系党在农村执政基础的巩固,直接关系农村改革发展稳定的大局。拉票竞选是严重触及党纪红线的行为,是对组织权威和选举纪律的公然藐视。一经查实,相关人员必将受到党纪处理。

接到县纪委转办通知后,作为主持工作的镇纪委副书记李夏感到责任重大,立即组织成立核查组,对问题线索进行认真调查核实。经查,2014 年 7 月,镇头村党总支进行换届选举,在"两推一选"前,胡文兵的几位战友鼓动他竞选党总支书记,但经过"两推一选"第一轮投票,他的票数比另一个候选人少,没有被镇党委确定为候选人预备人选。几位战友就到他家里商量:"你如果想当,我们还可以帮你做工作。"胡文兵没有表示反对。随后,几位战友就到一些党员家中做工作,让大家在正式选举中投票给胡文兵。最后,在镇头村党总支选举大会上,过半数参会党员以"另选他人"方式,投票给了胡文兵,让其顺利当选镇头村党总支书记。

这件事情已经过去三年多,在省委巡视期间,时任镇纪委书记的章毓青已牵头组织过调查,但许多事情无法查实。李夏通过进一步核查,发现问题的关键在胡文兵是否主动拉票竞选,这将影响对他的最终处理。他将想法向县纪委做了汇报。经过县纪委约谈,原来抵触情绪较大的胡文兵,终于把事情的来龙去脉重新述说了一遍,承认当初的确是几位战友好意,但他没有阻止他们的做法。随后,通过分头和当时几个参与其事的人谈话,最终确认胡文兵属拉

票行为,但没有贿选。最后,根据《中国共产党纪律处分条例》有关规定,经镇党委研究决定,给予胡文兵党内警告处分,免去其党总支书记职务。

作为一名转业回乡军人,胡文兵在村里兴办企业带领大家致富,本来具有较高威望。但由于思想认识不到位,行为出现偏差。他在处分决定书上签字后,向组织做出深刻检查:"身为一名长期接受党组织教育的同志,在换届选举中,朋友提出帮忙拉票意见时,我没有主动去制止他们,反而认为他们帮我拉票是件好事,没有意识到这种方式违反了换届选举工作纪律,没有贯彻好组织意图,违背了党的组织原则和组织纪律。通过组织的批评教育,我深刻认识到自己所犯的错误,对此,我虚心接受党组织对我的处理。"

这一案件在全县通报后,引起很大震慑,给基层广大党员干部上了生动的一课。2018年村"两委"换届选举前,根据纪委查处的典型案件,特别是结合扫黑除恶专项斗争,镇纪委精心制作通俗易懂的漫画,张贴到每个村民组,发放给每名党员,有效加强了换届纪律宣传,为圆满完成村"两委"换届营造了良好氛围。

4

打铁还需自身硬。走上纪检工作岗位后,李夏结合工作、学习体会,"发明"了一个词:铁砧。所谓"铁砧",是指打铁时候垫在锻件下面,将烧得通红的铁块打造成型的那块铁板。看见这个词,这个比喻,可以想见李夏对自己的期许有多高。

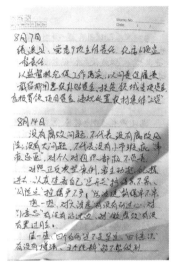

李夏的工作日志

李夏的学习笔记

他在笔记本上写过这样一些话:"想一想,对'大诱惑'有没有动过心,对'小意思'有没有沾过边,对'微腐败'有没有黑过脸。""青年干部学什么? 首要是政治理论,没有政治观点就没有灵魂,要提高政治素养。""成长靠什么? 一、牢记宗旨为人民服务;二、保持'两个务必';三、树立正确'三观',用好三面镜子:'望远镜、放大镜、显微镜'"。想三个'为什么':为什么来这工作,在岗位干什么,将来留什么?"

李夏的节俭是出了名的,一起共事的汪来根甚至说:"李夏什么都好,就是太抠了。"他冬天总是穿一件黑色棉袄;到了夏天,一条洗

得泛白的黑色牛仔裤,一穿就是好多天;脚上那双凉鞋,款式老得不能再老,年轻人一般根本不会穿。为了穿衣穿鞋的事,同事汪夏寅不知笑过他多少回:"李夏,艰苦朴素的本色,一点都没有丢啊!"

曾经有一段时间,镇政府食堂的饭菜,味道不是太咸就是太淡,小年轻们吃不惯,经常凑份子,到马路边小馆子聚餐。他们邀李夏参加,李夏总是找理由推辞。有时候去县里开会回来晚了,李夏就提前打电话给同事汪夏寅,要他从食堂带一份,等他回来后,再拿到宿舍用电磁炉热了吃。看到他这么节俭,几个年轻的女同事,总会笑他抠门儿。但他总是笑呵呵地说:"到哪吃都一样,吃饱就行了!"

俭朴固然有修养的原因,但家境不宽裕,也是客观事实。他家住的房子,是拆迁安置房,房子装修时,大部分钱是他从不高的工资中,慢慢节省出来的。

家里唯一算得上"奢侈品"的,就是女儿的那架钢琴。

2016年公车改革后,镇里大多数小年轻开始陆续买车。当时章毓青书记对他说:"小李,你也买个车吧。"可他哪里知道李夏的难处。

2017年3月,李夏终于买车了。当他把消息告诉老章时,老章朝他竖了竖拇指,以示祝贺。

俭以养德,公而能明。对自己"苛刻"的李夏,却从来不慷公家之慨、不损公肥私。每回到县里开会,不管多晚,只要能赶回,他都要当日返回,从来舍不得花钱住宾馆、到饭店吃饭。在县纪委挂职期间,他在一家企业食堂就餐,中餐 8 元。如果晚上不回镇里,就住一晚 40 多元的小旅馆。有一天,汪夏寅副镇长来县里开会,见他住的小旅馆连独立卫生间都没有,就责怪地说:"这种小旅馆不安全!按规定,住宿是可以报销的啊。"李夏说:"干净卫生就行了。出差嘛,不能大手大脚。"

因为家住屯溪,除了周末,其他时间他基本都在镇里,有时候晚上村干部请吃饭,同事都会叫他参加,可他每次都推辞了。他对身边同事说:"和村里的干部在一起吃饭吃多了,好多事情就不好讲了。"

公车使用改革后,李夏坚持骑电瓶车下村,没有电瓶车骑,就步行,从来不调用公车。他自己买了车以后,无论下乡办案、开展作风督查,还是搞党建指导、扶贫走访,他就不再借别人的电瓶车,除了较近的地方徒步,其他地方都开自己的车去,还常常带着同事一道,但他从来没有提过费用的问题。

5

李夏的办公桌上,放着一个陶瓷笔筒,浅浅的绿色,笨笨的样子,看起来蛮可爱。这个笔筒是他带着女儿一起做的,也是一件廉

政文化作品。

2017年，为了弘扬廉政文化，促进家教家风建设，绩溪县纪委举办了一次廉政文化作品征集活动。李夏动手能力强，就想做一件既有教育意义又有一定艺术含量的作品。他想来想去，决定做一件陶瓷手工，并且要在上面刻一段话。

一个周末，他带着妻子女儿，到屯溪附近一个陶瓷作坊游玩，自己动手做笔筒。他围着围裙，和女儿在手工桌上相对而坐，学着师傅的样子，用手按在泥团上，随着轴子快速转动，手上的泥巴渐渐有了形状，最后终于成了一个像模像样的笔筒。女儿高兴地拍着手："爸爸真棒！"妻子在一旁欣赏地拍着视频，一家子开心极了。

"艺术品"做好后，他开始赋予它教育意义。他把女儿搂在怀里，握着她的小手，一笔一画地在笔筒上刻字。刻完之后，又一个字一个字地教她念："清心为治本，直道是身谋。"女儿还太小，不能理解这句话的意思，但他心里想的，就是要女儿从小就懂得，事情要自己做，长大了，要像刻的诗句那样为人处世，做个清正廉洁的人。

他把作品交到县纪委的时候，纪委分管领导眼前一亮，直夸这个东西做得好、有创意。他也非常自豪地说："通过做这个笔筒的过程，我也给女儿好好上了一堂家风课呢！"

一个人从政，无论是官居一品的大员，还是九品芝麻官，传统意义上都是做官。做官就要有官德、有官品。古人说，居庙堂之高则忧其民，处江湖之远则忧其君。俗语说，当官不为民做主，不如回家卖红薯。用今天的话讲,从政就要为人民服务,要有使命和担当。

儿时反复看过电视剧《包青天》的李夏,对那个额头上长着一弯新月、面孔紫黑的包青天,印象极深,电视剧里的主题曲"开封有个包青天,铁面无私辨忠奸……"他也能张口就来。当上了公务员,尤其是走上纪检监察工作岗位后,"清官""贪官""忠臣""奸臣",这些电视剧里的角色,常常会浮上心头。在制作廉政文化作品时,包大人的形象,突然就跃到了眼前,包拯的那首《书端州郡斋壁》,"清心为治本,直道是身谋。秀干终成栋,精钢不作钩……"自然而然成了他的"修身格言"。

葱葱郁郁的绩溪山水,滋润了一颗扎根基层、甘于奉献的火热之心;崎岖蜿蜒的条条山道,刻印着一名年轻纪检监察干部的正道直行。

"吹喇叭"本不是什么新词,李夏却赋予了它新的含义。他打比方说:"纪检干部一定要吹好'喇叭'。"担任纪委副书记后,他大力协助书记强化廉政宣传,着力构建风清气正的政治生态。他利用每周例会,组织机关党员干部学习党内各项规章制度,学习典型案例通报,学习习近平总书记重要讲话精神,观看《镜鉴》《永远在路上》《打铁还需自身硬》等警示纪录片;逢年过节,向全镇党员干部发送廉政短信;组织干部开展清明祭扫、"七一"党员活动日等活动,通过学习英烈事迹、开展志愿活动、重温入党誓词,激励党员干部"不忘初心、牢记使命";积极开展廉政文化示范点建设。可以说,他所做

的每一项工作,都可视为"吹喇叭"。

绩溪是个文化大县,也是旅游大县,为了大力发展文化旅游产业,各乡镇都争先恐后举办各种文化节庆活动。县纪委积极参与发展大局,实施"全域旅游+"工程,将清正廉洁文化宣传教育,向景区景点和乡村节庆节日延伸,扎根在各个特色小镇建设上。

长安镇是菊花之乡。菊花为"花中四君子"之一,素有"花之隐逸者"的美名。菊花作为廉洁自守、淡泊名利、志存高洁的象征,李夏和同事们共同创意在长安镇积极营造"菊花颂廉"文化,并借举办菊花节等契机,大力传播廉洁文化。

梧川村是长安镇近年打造的红色文化旅游村落,2017 年 11 月 5 日,长安镇第二届菊花节在这里隆重拉开序幕。本次菊花节比上一届增加了不少新内容,最重要的是增加了"红色文化"和"清正廉孝文化"元素,使节庆更有文化内涵,更具游赏教育意义。当日,梧川旌绩边游击根据地革命历史纪念馆揭牌,菊花廉政文化园隆重开园。在菊花廉政文化园筹建过程中,镇纪委充分调动当地文化人的积极性,各种装饰充分展现菊花精神,园内设置的《新二十四孝》展板,寓教于乐,寓孝于廉,别有新意。几天活动办下来,李夏感慨地说:"小小菊花,寓意深远。我们要真能做到'人淡如菊',那也是了不起的境界!"

6

不经历风雨,怎能见彩虹?温室里长不出参天大树。

徽州人号称"徽骆驼",绩溪人则自许为"绩溪牛"。县城东山脚下扬之水畔的那尊"绩溪牛"雕塑,曾让李夏多次驻足。像牛一样劳动,像土地一样付出,"牛"的精神归结为一个词,就是"奉献"。李夏充分领会到"绩溪牛"的含义。

2016年5月,李夏(左二)在长安镇参加地质灾害点应急演练

由于独特的地理环境,长安镇有着自己的小气候,几乎每年六月底七月初,都会突如其来下几场大暴雨;每到寒冬腊月,又会陡起山火,或冷不丁来一场暴风雪,常常弄得人措手不及。在长安镇工作的七八年间,一次又一次的"水深火热"考验,不仅让李夏所学专业知识派上了用场,更让他深深体会到,基层干部的"金刚不坏之身"到底是怎么锤炼出来的。

2014年腊月二十四,大家正忙着过小年。老徽州地区百姓把年节看得重,一个小年,也非得过得像模像样。正当大家沉浸在逐渐升温的年味中,下午3点多,镇政府值班室突然接到紧急电话:"万罗山着火了!"

火情就是命令。全镇上下迅速做出反应,李夏作为应急抢险小分队的一员,迅速穿上迷彩服,与汪夏寅等其他4名年轻同事跳上第一辆车,冲在最前面,快速赶赴火场。

万罗山位于大谷村附近,距集镇八九千米,由于植被茂密、小气候干燥,火势蔓延非常快。李夏等人20多分钟后赶到时,火势已蔓延到周围300多亩山林。

作为防灾科技学院毕业的科班生,出发前,他就向镇分管领导建议说:"我们不要一窝蜂上,要进行科学编组。"他所提的建议是:5人一组,每组实行"1-3-1"的推进作业方式,即1人在前,负责查看火情,3人居中,负责持器械扑火,1人断后,负责背负后勤物资、扑灭余火。他把自己放在最危险的第一组第一个"1"的位置。

　　山上烈火熊熊,浓烟滚滚,起火带蔓延至数百米长,情势非常危急。李夏像一股旋风,冲在最前面,顺手砍下一根松树枝,拖着就冲进火场。他奋不顾身的样子,让身后的同事都为他捏了一把汗。

　　后面几批扑火人员陆续赶到。大火得到一定控制后,天也渐渐暗了下来。出于安全考虑,汪来根等几个人商量,决定留下两组干部蹲点值守,密切观察火势动向,其余人员暂时下山休整。

　　正值寒冬腊月,山里寒风刺骨,大家冻得瑟瑟发抖。晚上 11 点左右,大家转移到离着火点最近的一个农户家中,商议每隔半小时出去观察一次火情。下半夜,大家都筋疲力尽了,一坐下来就睁不开眼睛。汪夏寅好几次醒来的时候,发现李夏都不在身边。原来在大家打盹的时候,他一直没有休息,隔一会儿就跑出去观察一次火情。

　　第二天凌晨,各方力量汇聚,形成强大的包围圈,一步一步缩小着火面,直至上午 11 时,整场大火才全部被扑灭。李夏的头发、眉毛都被火烧焦了,迷彩服也被烧了几个洞。当他满脸乌黑地从火场下来的时候,好多同事都没认出他来。

　　在基层工作,什么事情都会遇到,累一点苦一点很正常。李夏来长安镇报到那天,是母亲送他来的。看见宿舍窗户还是木头框,玻璃还裂着一条缝,母亲心里有些难过,但嘴上却说:"还好还好,一个人住,这么大的地方也够了。你用胶布把那个裂缝粘一下,小心蚊子跑进来。"李夏非常懂母亲的心思,母亲之所以执意送他来,还

不就是想看看他工作、生活的环境,看看是否吃得好、睡得好。

天下慈母一般心。自从他在外工作,母亲最担心的,就是他的安全,正像爷爷奶奶在世的时候一样,总是怕他出点什么事。因此对于救火、抗洪这些事,李夏就尽量不对母亲说。

其实有些事不说,母亲和妻子也会知道。2013年以来,他经历了好几次抗洪抢险,每一次当他在咆哮的山洪面前,"奋不顾身""大显身手"时,母亲和妻子都在家里魂不守舍、心惊胆战,总是千叮咛万嘱咐,要他小心又小心。2017年发大水的时候,有个周末他从镇里回家,宛云萍发现他浑身上下都是泥土,知道他一定又参加了抗洪救灾。因为担心他总是这样风里来雨里去的,不安全,她就买了一块黑色防雨布,给他做了一件雨衣,还特意在背后贴了反光条,以便晚上行动的时候,容易被人看到。但李夏却没怎么穿过这件衣服。当宛云萍问他怎么不穿,他解释说:"抗洪的时候许多人都没有穿,我一个人穿不好。"做妻子的心总是那么细,就又做了一件,让他送给镇里的同事,这样有事的时候,至少有两个人穿了,就不那么显眼了。

直到现在,长安镇大源村村民曹志仁,对李夏参与的一次抗洪救灾,还记忆犹新。

那是2018年6月29日凌晨,长安镇大源村发生特大洪水,茶源村民组100余户民房进水,农户财物损失严重。早晨6点多,李夏和副镇长汪夏寅等其他几名镇村干部冒着生命危险,翻山越岭进入茶源村。

　　村口道路早已被洪水包围,根本无法进入。他们只好绕道危险的山路,原本只需10分钟的路程,他们竟走了40分钟。不断垮塌的山体和滚落的山石,让走惯了山路的同事们,也感到十分惊恐。

2018年6月29日,李夏(中)与同事在长安镇大源村核灾

　　入村后,李夏和其他三名镇班子成员,各带领一个工作组,上户帮忙清淤和核灾。他带领的工作组核灾30户,他同时包保这30户灾后恢复重建工作。

　　李夏和同事们一直忙到中午。脱下沾满泥沙、灌满雨水的胶鞋,他才发现,自己的脚都泡肿了。他索性脱掉胶鞋,赤脚坐在一户农家门口,与他们沟通交流起来。他说:"大家不要慌张,相信有党

和政府在，眼前的困难都是暂时的，我们一定可以重建家园！"

看见李夏被泡得泛白、发肿的双脚，忘我投入的精气神，当年和他一道来长安镇工作的汪夏寅，打心眼里感到敬佩。他用手机抓拍了这个瞬间，将照片发给了他。李夏却提醒他说："不要乱发，不要让我家里人知道，免得她们担心。"

经过连续奋战，下午 2 点，全村恢复通电；下午 4 点，道路通行；下午 5 点，群众喝上了自来水。离开村里时，李夏给乡亲们留下了自己的手机号码，一再叮嘱："你们有事，就给我打电话。"

晚上 9 点，李夏接到一个陌生电话，接通后才知道，是他今天上户核灾的村民曹志仁。曹志仁在电话里急促地说："李书记，河道对面山上发生了塌方，即将占用河道。如果河道堵塞了，后果不堪设想！"李夏说："别急，先让群众走远点，我们马上过来。"

放下电话，李夏立刻向高道飞书记报告，经同意后，立即同镇国土所所长许翔、派出所副所长周铭航一起赶到塌方现场。

茶源村紧挨着大源河畔，背后是高山，河对岸还是高山，河道如果被塌方堵塞，村庄将岌岌可危。李夏他们一到现场，就看见几十名群众，打着雨伞聚集在村口的灯光下，神色紧张，不知所措。曹志仁看到李夏，激动地说："李书记，我一打电话，你十几分钟就到了，这下我们有依靠了！"早上入户核灾时，李夏主动将手机号码留给了曹志仁，没想到这么快就派上了用场。

李夏一行打着手电筒冒雨来到塌方现场。听到河对面山上仍不断有巨石滚落,李夏说:"天黑,山上具体情况看不清楚,我们几个人到河对面山架上去,看看到底什么情况。"说完,就和许翔、周铭航、茶源村民组组长曹定来,一起到河对岸查看山体情况。

近距离查看后,他做出判断并提出处置意见:"山体塌方还没有稳定,现在最怕的是再次塌方堵塞河道,整个村庄就有危险。要马上调集大型挖掘机在附近待命,若河道堵塞,必须第一时间进行清理。"

从山上下来后,他对仍然惶恐不定的村民们说:"你们先回家休息吧,我们今晚在这里值守,有险情我们会第一时间敲铜锣预警。"听了李夏的话,大家才放心地散去。

李夏他们四个人,通宵值守在塌方点附近的车上。他让大家轮流眯一下,自己每过半个小时出去查看一下险情。直到天亮雨停,险情排除,他们才离开。

激情燃烧的岁月,不仅能给人留下难忘的记忆,更能带给人丰富的成长体验。长安镇距离县城约 25 千米,行车只需半小时左右,每天晚上下班后,大部分同事都回到县城去了,李夏还待在办公室或者宿舍里。惊心动魄的狂风暴雨,让他领略到大自然的雄奇与壮美,而夜晚山乡小镇的宁静,又让他体会到一种诗意浪漫的温馨与美好。晚上不到 7 点钟,镇上就很少有车辆和行人了,过境公路空空荡荡,为数不多的店铺亮着几盏灯火,附近山头片片竹林随风摇动,发出似低吟似浅唱的乐声;远远绵延的群山,掩映在泼墨水彩般的

暮色之中,影影绰绰,似幻似真。每在这种情境中,他就会想起屯溪的"家",母亲、妻子、女儿;他又会想到"慎独"这个词,在无人监督约束的情况下,如何能保持一个本真的"自我"。在和妻子通电话或视频聊天时,他不仅会问家里的各种情况,如女儿是否听话、母亲是否安康,也会跟家人讲述遇到的各种新鲜事,有时甚至会滔滔不绝谈起长安镇的美好,设想以后的生活。

<h1 style="text-align:center">7</h1>

2017年6月起,李夏受命担任高杨村党建指导员。这是脱贫攻坚战全面打响后,长安镇党委的一次"有意"安排,高道飞书记对他的又一次"压担子"。

高杨村位于长安镇东北部,与板桥头乡庙山村毗邻,由原来的高村和杨村合并而成,全村辖 2 个村民组、6 个自然村,面积 6.2 平方千米,1100 多人。全村共有耕地 2520 亩,人均近 2.3 亩,是全镇人均耕地较多的村。由于基础设施条件落后,村集体经济比较薄弱,农户也不富裕,脱贫任务比较重。

在李夏到村担任党建指导员之前,由于种种原因,高杨村"两委"班子工作效率不太高,党员管理不够规范,党支部战斗堡垒作用发挥不明显,就连村里开个党员大会,也经常是迟到的迟到,缺席的缺席,甚至有人在大会上抽烟、讲话。村党总支书记王庆华对此感到有些力不从心。

来村报到那天,听见有人用绩溪话小声议论:"嘴上无毛,办事不牢。""年纪轻轻,白面书生,能跟我们一起把事情搞好?能带领我们脱贫致富?"

但李夏的"三板斧"却让他们刮目相看。

第一板斧,明确分工。过去村里许多事情不好办、办不好,就是因为没有分工、不见章法,正像村党总支书记王庆华说的:"来了事要么大家一起干,要么谁有空就谁干。"这样当然不行。李夏将班子成员分工文件贴上墙,发到各村民组,明确每个人管什么事、有事找什么人,让干部和村民都能一目了然。

第二板斧,设立党员服务岗。党员头上无责,当然无所作为。他指导村里确定了扶贫帮困、政策宣传、人居环境维护等10类岗位,由全村46名党员认领,并做出履职承诺;要求20多名有一技之长、有带富能力的党员,主动结对帮扶贫困户。

第三板斧,立规矩。他带领村"两委"一班人,结合高杨村党建实际,研究制定了党员参会"四不准",即会前不准喝酒,参会不准迟到,会场不准抽烟,会后不准非议;党员带头"四禁止",即禁止赌博与酒驾,禁止违法用地,禁止露天焚烧秸秆,禁止妨碍项目建设;党员重要事项"五报告",即红白喜事要报告,建房乔迁要报告,长期外

出要报告,突发状况要报告,违法违纪要报告;主题党日"五必须",即入党誓词必须重温,党章党规和习近平新时代中国特色社会主义思想必须学习,上级党委精神必须传达,支部书记必须点评,志愿服务必须参加。

对党员的日常教育管理,实行"红黄榜"制度。按照"日常登记、半年公示、年终考评"的模式,进行全程纪实管理,90分以上的党员上红榜,连续两次上红榜的党员,年度优秀党员评选优先入选;60分以下党员上黄榜,第一次上黄榜的党员,由上级党组织书记进行约谈教育,并限期整改,连续两次上黄榜的党员,纳入不合格党员评定和处置程序。这样全村46名党员,人人感到了压力,人人也有了动力。

李夏的"三板斧",特别是"四四五五"加"红黄榜"的党员管理组合拳,立竿见影。规定实施后的第一次党员大会,就有两名党员"以身试法",迟迟不到。李夏就和几十名党员一起坐着等,非等到他们到了,否则绝不开会。等了近一个小时,两人终于赶到,这时他才宣布开会,首先对两人无故迟到给予严肃批评,并说:"会后再找你们谈话。"

这一招杀伤力的确不小,从那以后,党员开会再没有人无故迟到。不仅不再迟到,会场抽烟、议论等坏风气,也逐步得到改变。

8

脚上沾有多少泥土,心中就积淀多少真情。李夏刚到高杨村的时候,目睹山道弯弯、坡坡坎坎的小块梯田,一团一团的村落人家,觉得美不胜收。他不止一次对妻子描述过这种情景。有时候夜晚徒步下村,他就一边走路,一边和宛云萍语音通话,既消除寂寞,又沟通感情。有时说着说着,会说到很遥远的未来:"云萍,等我们退休了,就到这里来盖点房子,呼吸新鲜的空气,吃新鲜的蔬菜,养养老,真的挺好的。"

但来村里时间一长,李夏发现高杨村不光基础设施欠账多,村集体经济薄弱,而且还有不少因病、因残致贫的人。每当看到他们,李夏心里就感到很难受,下决心要尽最大努力,帮他们做点实实在在的事情。

要想富,先修路。高杨村不仅缺大路,也缺小路。他刚来村里时,正赶上一条穿村公路拓宽工程进入征地阶段。但由于需要征用农田,一些人不理解不配合,工作很难推进。他带着村"两委"干部登门入户做工作,白天人不在家,就晚上再去,一趟又一趟,好说歹说,苦口婆心,最后终于感动了村民,使工程得以顺利开工。

见他是个办实事的人，一些村民对他说："李夏书记，我们村里连条机耕路都没有，运送东西很不方便。能不能想点办法，帮忙修条机耕路呀？"

这是群众对他的期盼，更是对他的信任。他心头一热，坚定地对大家说："只要我在高杨村，机耕路项目我一定帮你们争取下来！"

俗话说得好，夸下海口，不兑现就要丢丑。为了不失信于民，他和王庆华等人反复谋划项目，并带着"两委"一班人，四处联系，最终将朱村培村民组、高村至胡村塔村民组两条机耕路立项，并于不久后开工建设。

一天，他路过一户村民家，看见生活污水直接排进了门前的小溪。这条小溪穿村而过，民居临溪而建，本来是一幅令人神往的图景。但上游的污水流到下游，下游的村民又在里面淘汰洗濯，卫生安全隐患很大。他对王庆华说："村里污水乱排问题，不是个小事，我们要下点决心处理好，把这件事当作'两学一做'、脱贫攻坚中为老百姓办实事的重要举措来落实。"

为此他真是跑断了腿、磨破了嘴，积极和多个部门沟通协调。最后，在镇党委重视关心下，在县镇有关部门大力支持下，高杨村中心村污水处理和美丽乡村建设工程终于落地了。对高杨村来说，这可是一件"天大的事情"，263万的项目，过去想都不敢想啊。但因为李夏，这个"天大的事情"也实现了。

黄山贡菊又称贡菊、徽州贡菊、徽菊，是黄山市传统名产，与杭菊、滁菊、亳菊并称"中国四大名菊"，盛产于安徽省黄山市及其周边地区，由于得天独厚的自然生态环境，品质优良，色、香、味、形集于一体，既有观赏价值，又有药用功能。近年来，随着人们养生保健意识的增强，黄山贡菊价格持续走高，种菊成为一条致富之路。

高杨村临近黄山，有种植黄山贡菊的传统，但种植规模一直不大。李夏驻村后，通过深入农户摸底，了解到制约高杨村菊花种植的主要是技术问题。他动用熟人关系，联系上黄山菊花种植专家，自己掏腰包请他们来村"传经送宝"。

一开始，村民都将信将疑。王建兴家曾种过3亩菊花，因为管理技术落后，那年不仅没有收成，还搭进去几千块农药化肥钱。提起种菊花，他连连摆手说："这玩意我种不来。出再高的价，我也不敢种了。"胡中武常年在外打工，眼界比较开阔，但他也抱同样态度，根本没把李夏讲的话当回事。

农民是最务实的，农村工作来不得半点虚假。说来也巧，没过几天，村里一户人家的菊花生病了，叶子正由绿变红、由红变枯，急得不得了。李夏听说后，赶紧打电话，从黄山请来了种菊专家，并通知王建兴、胡中武等都到田里去，听专家现场传授菊花种植技术，菊花生什么病该打什么药。在黄山专家手把手指导下，菊花红叶病很快治好了。

胡中武心动了。王建兴也开始行动了。他们将原来打算种水稻或者果树的田地，都种上了菊花，成天在地里忙活。根据产量预测，

胡中武早早地在家里建起了两台烘干炉,就等着秋天收获烘烤。

村民们见胡中武、王建兴大干起来,也坐不住了,纷纷将田头地脑、山脚下、路边上几尺宽的闲地辟出来,种上菊花,全村种植规模迅速由原来不足 400 亩扩大到 1400 亩。胡中武成为全村菊花种植大户,面积达到 13 亩。他算了一笔账,李夏来之前,每亩光打农药就要 1300 元左右,现在种植技术提高了,一亩地只要农药费用五六百元,光这一项就减少支出 1 万多元,也就是增收 1 万多元。13 亩地,按正常市场价,可以收入七八万元。

看到村民的种植热情,李夏很开心。他不仅自费请来专家和种植大户辅导村民,自己也读起了菊花种植书籍,"杀菌农药混用超过五种就失效""菊花铺在烘箱中要四周厚中间薄""从起灶到出花要 20~22 小时"……菊花生病的时候,他陪着技术员扎在菊花地里,一待就是两三个小时。夏天是菊花最容易烂根和黄叶的时候,梯田上的太阳毒辣辣的,晒得他们汗流浃背,面孔黑里透红。跟在一边的胡中武,笑着对李夏说:"你看你,这哪像个城里人。你父母看了,都要心疼死了!"

原来说什么也不愿再种菊花的王建兴,碰到镇上来的领导就说:"我们村还是种菊花好,种什么也没有种菊花赚得多。"

李夏在村里推广菊花种植,不仅费了大劲,也结了不少"亲戚"。王秀萍便是其中一户。

王秀萍家住高村,两个小孩都在外面打工,一个远在重庆,一个在绩溪县城,基本上只有逢年过节的时候才能回来看看。平时就她和老伴在家。李夏几年前到高杨村办事,在路上曾碰到过她,还帮她挑过担子。

她家原来只种了两三亩地菊花,李夏请来专家指导后,慢慢发展到了8亩地,成为村里的种菊大户之一。

就在李夏驻村的那个夏天,王秀萍家的菊花也发生了严重病虫害,害虫把菊花叶子都快吃完了。就在王秀萍急得不知怎么办的时候,李夏找到她家来了:"大妈,我听说你家菊花生的虫子太多了,把叶子都吃完了?"王秀萍很感动,就问他:"你怎么知道的?"他说:"我听别人说的,都说你家菊花虫子生得厉害。"他告诉王秀萍,他已打听到一种特效药,县城里有卖的。

第二天一早,王秀萍就搭乘农班车到县城去买。回来之后,立刻拿到田里去打。两个多小时后,她再到田里去看,发现菊花上的虫子都死掉了。又过了四五天,她发现菊花枝子上,又冒出了新芽,心里别提有多高兴了。

李夏帮扶的几个贫困户,就住在王秀萍家后面,他隔三岔五来走访慰问。一天,李夏又来看望贫困户,正好王秀萍坐在家门口。她赶紧站起来说:"小夏书记,我们全家都要好好感谢你,没有你就救不活我家的菊花。"

李夏说:"大妈,不用谢,这是我应该做的,看到你家菊花得救了,我比谁都高兴呢。"

他又对王秀萍说："大妈，种菊花的时候，要选菊花秧苗壮的、粗一点的，这样种出来的就比较好。"

临走，又说："大妈，你们放心，我一定要把你们这里都搞富裕起来。"

9

全面小康路上一个都不能少。

在指导高杨村抓党建过程中，李夏始终把"脱贫攻坚"摆在突出位置，坚持带领村"两委"干部、全体党员，认真学习习近平总书记关于扶贫工作的重要论述，认真组织开展"重精准、补短板、促攻坚"大排查活动，着力解决"两不愁""三保障"突出问题。

他同村班子一起，研究制订了高杨村"2018—2020脱贫攻坚三年规划"，结合发展村集体经济、组织村庄基础设施建设、贫困户脱贫，拟定了具体措施。他要求村"两委"干部严明纪律，不得以权谋私、优亲厚友，尤其要把好政策关，在精准识别上，做到不漏一人、不错一人，在执行过程中，做到程序到位、群众满意、干部清白。

高杨村有建档立卡贫困户24户，他一个人主动帮扶联系了汪少美、汪流华、胡建义、冯孝华、胡培中、刘祥宝等6户。他知道农民白天要忙着干农活,晚上才在家,因此总是利用晚上下班时间,开着自己的车子走访贫困户。他根据各户的致贫原因和发展需要,因户制宜地制定了脱贫计划和帮扶措施。

李夏(右一)在长安镇高杨村走访贫困户

贫困户胡培中,祖孙三代六口人,妻子许冬仙患癌症,家里因病致贫。李夏与他家结对子后,经常利用晚饭后的时间,上门了解情况,嘘寒问暖。由于来得很频繁,有时一个月来好几次,他的小孙女胡心怡都黏上了这个好叔叔。每次李夏一来,小姑娘就会高兴得不得了,叔叔长叔叔短地叫个不停。不太忙的时候,李夏还让小姑娘和婉儿视频说话,就像一家人。

根据他家的实际情况,李夏帮他们争取到一些政策并拟定了一套 2018 年"脱贫组合拳",共计 9 条。一是产业扶持,给予"2+X"产业扶持资金 1100 元,扶持种植茶叶 0.5 亩、油茶 2 亩、养殖鸡鸭 25 只;二是落实大病救助及"351"和"180"健康脱贫政策;三是政府代缴人身小额综合保险,100 元/人;四是政府代缴农村住房保险,16 元/户;五是政府代缴新农合,180 元/人;六是落实小额信贷政策,帮助申请村镇银行贷款,发展相关产业;七是落实教育助学政策,500 元/学期;八是就业脱贫,给予就业交通补贴 1000 元;九是享受少儿病残救助保险。

这些精准帮扶计划和"绩溪县精准扶贫明白卡""贫困户帮扶措施告知单""贫困户走访全程记录表"以及李夏的照片等,都张贴在胡培中家堂屋的墙上,李夏的姓名、手机号码,也都填写在扶贫明白卡中。从 2017 年 10 月到 2018 年 9 月,李夏前来走访十几次,每一次走访,都将相关内容记录在走访记录表中。

在他热心帮助指导下,胡培中、许冬仙增强了脱贫信心,不能干重活的许冬仙,就在家里养起了鸡鸭,多的时候有七八十只。在许冬仙眼里,李夏就跟自家孩子一样,那么亲那么近,无话不谈,事事关心。每次李夏来,她都像自己儿子回家一样,想留他吃顿饭。可李夏大部分是在晚饭后才过来,即使没有吃饭,也总是再三婉谢,从没端过她家的饭碗。许冬仙对他说:"小夏书记,你太见外了。你帮我们家这么多,在我家吃顿饭都不肯,我心里怎么过意得去啊!"

　　身患严重风湿症的汪少美家,是李夏联系的贫困户之一。她家建档立卡 3 人,因为身体残疾,她几乎没有出过家门,女儿汪璐玲还在上学,全家就靠丈夫冯景銮一个人种地、打零工为生。李夏到她家走访几次后,发现她家确实比较困难,对她家的处境十分关心。

　　针对汪少美家的具体情况,结合扶贫政策,李夏帮助她拟定了 2018 年 8 条脱贫措施。一是落实低保政策,将汪少美纳入低保,低保金 356 元/月;二是实施产业扶持,给予"2+X"产业扶持资金 1400 元,用于居家创业、种植茭白 1 亩;三是给予汪少美享受困难残疾人生活补贴 800 元/年;四是政府代缴人身小额综合保险,每年 100 元/人,3 人共计 300 元;五是开展就业脱贫,给予就业交通补贴 200 元;六是落实"小额信贷"政策,帮助申请村镇银行贷款,发展规模种植业;七是政府代缴汪少美城乡居民养老保险 100 元/年;八是政府代缴农村住房保险 16 元/户。

　　拿出这些帮扶措施后,李夏觉得似乎还少了点什么。一次走访汪少美时,见她一个人坐在家里,孤零零的,就对她说:"你可以在家里开个小卖部,一来可以贴补家用,二来多些人来家里聊聊天,心情也会好些。"汪少美说:"我身体不方便,再说也没有资本哪。"有些畏难的样子。李夏对她说:"开小店也要不了多少钱,我看看能不能帮你申请一点补助。"

　　没过多久,李夏帮她申请到了居家创业补助资金 1200 元,汪少美的小卖部就开起来了。看见汪少美有个小店陪着,多少还能赚一

点钱贴补家用,他心里非常开心,每次路过时,都要透过小卖部朝向马路的那扇窗户,微笑地朝她招招手,给她以信心。

李夏从不把群众看成工作对象,而是当成自家人。贫困户冯孝华,建档立卡1人,因智力残疾,从小生活不能自理,长期跟随姐姐冯兰香生活。李夏第一次到他家,在堂屋寒暄了几句,就走进了厨房。他弯腰掀开米缸盖子,看看存米多不多;又抬头看了看屋梁,看看挂着多少咸货。就要过年了,他希望姐弟俩能和其他人一样,过一个比较富足的新年。

对于这样已经完全丧失劳动能力的贫困户,只能主要靠政策兜底。

针对冯孝华家的实际情况,李夏将各种托底政策悉数用上,拿出了2018年度8条主要帮扶措施。一是落实低保政策,将冯孝华纳入低保,低保金416元/月;二是给予冯孝华享受困难残疾人生活补贴800元/年,重症残疾人护理津贴60元/月;三是实施产业扶持,政府给予"2+X"产业扶持资金1000元(新型经营主体带动);四是落实大病救助及"351"和"180"健康脱贫政策;五是享受政府代缴人身小额综合保险100元/人;六是享受政府代缴新农合180元/人;七是享受政府代缴农村住房保险16元/户;八是享受政府代缴城乡居民养老保险100元/年。

由于智力残疾,冯孝华有时行为怪异,村里人看到他这个样子,有的感到害怕,会躲得远远的。姐姐冯兰香为此不知流过多少眼泪。李夏结对帮扶后,她逢人就说:"这么多年,别人看到我弟弟这个样子,都躲得远远的。李夏每次来,不管我弟弟听得懂还是听不懂,总要跟他念叨几句,还帮我搀扶他。"

姐弟俩住的房子破了,居住有安全隐患。李夏为他们争取到了危房改造资金。当他们房子翻新的时候,李夏已经调离长安镇。他不知从哪儿听说冯孝华家房子修好了,很高兴,特地打电话给冯兰香说:"房子修好了,住着就安全了。还有其他什么要我帮忙的,尽管说。"

对于李夏的帮助,冯兰香逢人就说:"就是亲兄弟,做到他这样也不容易啊!"李夏牺牲后,她特意向驻村第一书记要了一张李夏的照片,保存在手机里。

2019年3月,已经调离长安镇3个多月的李夏,还特意抽空回到高杨村,看望他曾经帮扶的6户贫困户。

第三章 情洒荆州

1

2018年12月下旬,李夏从长安镇调任荆州乡党委委员、纪委书记,县监委派驻荆州乡监察专员。李夏成了绩溪县最年轻的乡镇纪委书记,同时也意味着他要在更艰苦的环境下,担负起更重的担子。

荆州乡位于皖南、浙西崇山峻岭中,是安徽省宣城市最偏远的乡镇,乡政府驻地上胡家村,距绩溪县城约75千米,距宣城市区160千米,距黄山市区130千米。与外界相连的唯一通道荆州公路,是华东地区海拔最高的盘山公路,号称"皖浙天路",最惊险的30千米路段拥有 351 个弯道、21 个回曲,最小处半径仅 15 米,最高的山云岭隘口海拔 1158 米。独特的地理条件孕育了黄山一般的奇险,九寨沟似的风情。最令人开眼界的是,漫山遍野生长着山核桃树,每到秋天,2 万多亩山核桃林一片金黄,宛如油画,有"油画荆州"之誉,引得各地摄影爱好者、美术工作者趋之若鹜。夏天的时候,山里的温度比外面低 5~7 摄氏度,是很好的避暑胜地。

如此艰险又如此美丽的荆州,在当地干部心目中,是一个既爱又怕的地方。有的人害怕"路漫漫其修远兮",有的人顾虑一个礼拜才能回家一次,胆小的害怕山路急转弯,体弱的担心要呕吐。李夏赴任荆州之前,虽有热心的同事向他介绍过"荆州之险""荆州之难",但真正领略它非同寻常的一面,却要待真正走进荆州。

2018 年 12 月 27 日,星期四。在县委组织部副部长王绪强及相关人员陪同下,李夏来到荆州乡报到。这是他第一次来到传说中的荆州。和乡班子成员见面后,大家建议他先回长安镇,办理完交接手续再来上班。但考虑到脱贫攻坚任务繁重,需要尽快熟悉相关情况,加上荆州长安往返一趟不容易,他决定先留下来,走访部分群众后,周末再回长安镇。当天下午和第二天一整天,在副乡长周旭奇等人带领下,他走访了 9 户村民和 4 户村民组组长,28 日晚回到长安镇。

12 月 29 日,星期六。根据国务院统一部署,县委、县政府召开大棚房整治专题会议。会议要求,各乡镇务必迅速行动,立即开展

摸底整治工作。由于是周末,绝大部分干部已返回县城,荆州乡党委就于当晚7点半,在县农委借了一间办公室召开党委会,专题研究落实工作。因为县委组织部已经宣布了李夏担任乡党委委员候选人、纪委书记,所以当晚也通知他来参会。

晚上6时许,刚刚吃过晚饭,正在办公室清理东西的李夏接到电话,要他马上赶到县城参加乡党委会。他在电话中说:"好,我这就收拾一下,马上从长安赶出来,大约40分钟后到。"他自己驾着车,40分钟后准时到达县城,赶上了7点30分的党委会。会议决定,乡党委班子成员及部分相关工作人员明天一早赶回荆州,立即开展相关摸底工作。

第二天一早,李夏和十来名乡干部,由乡长舒添巍带队,一起赶回荆州。

几天前第一次到荆州,李夏就为这高海拔盘山公路的壮美和艰险而震惊,才知道同事们所言不虚。想想今后要常常奔走在这条"天路"上,既有几分担忧,又有几分自豪。

到达荆州乡后,乡党委先对大棚房摸底工作进行了安排,明确了责任分工,接着就展开相关工作。李夏初来乍到,情况不熟,未承担具体任务。随后,分管后勤的乡党委副书记汪龙山领着办公室同志,为他安排办公室和宿舍。

乡党委和乡政府在一栋楼内办公,一、二、三层是办公室,三、四两层东边是干部宿舍。由于几十名干部都要驻乡,宿舍比较紧张。

汪书记和他商量说:"乡里条件比较差,委屈你暂时和小胡共用一下办公室,也和他合住一间宿舍。"李夏笑着说:"没关系,我适应乡镇生活,大家住一起挺好的,还有个伴。"

小胡全名胡圣子,大学毕业不久,长得白白净净的,很斯文。前不久在绩溪县纪委监委举办的案件互审培训班上与李夏见过面,并相互打过招呼。没想到李夏会来荆州工作,而且和自己共用一个办公室,同住一间屋,他感到十分欣喜。

李夏来到原纪委书记办公室。办公室在二楼楼梯口,原纪委书记用的那张办公桌已经破损了,前面的一块板已经脱落,基本无法使用了。汪龙山对办公室主任说:"这个桌子要换一下,你快给家具店打个电话,叫他们马上送一张来。"李夏立刻阻止说:"没事没事,修修还能用,作为纪委干部,要带头做到勤俭节约。"李夏问汪龙山附近有没有木匠,建议找个人来用钉子钉一下,就可以了。在李夏再三要求下,汪龙山叫来木工师傅,将破损的办公桌作了简单的修理,李夏就用这个桌子直到生命的最后。

忙活大半天,部署完相关工作,安顿好办公室、宿舍之后,大约下午2时许,李夏随着舒添巍等准备返回县城。

就在这时,天气骤变,彤云之下突然飘起了鹅毛大雪。山云岭公路海拔高、气温低,路面迅速结冰,荆州公路已无法通行。刚刚行至饭甑尖卡口的他们,只好调转车头,临时改道从浙江方向的岛石镇,绕道宁国市洪门村回绩溪县城。

可这一绕就绕了一整天。李夏和乡党委委员、组织委员王超等一行 5 人同乘一辆车。刚到岛石镇,就接到消息,雪下得太大,岛石公路也封路了。他们只好再改道,向南走龙岗高速。一路上,由于结冰严重,积雪加深,车辆走走停停,行驶十分缓慢。大约晚上 5 点钟,他们才行驶到浙江临安白果镇。这时,停在前面的一辆车的驾驶员从车窗伸出头告诉他们:"走不了了,高速公路已经封路了。"他们只好从白果互通这里下来,再改走省道老徽杭公路。行驶了约 20千米,省道也封路了。这时已无路可行,实在没有办法了,他们只好在白果镇住了一夜,第二天中午才回到绩溪县城。

这算是李夏到荆州正式工作的第一天,也是他第一次参加乡中心工作。历经艰难险阻,安全回到县城后,同事们对李夏打趣地说:"这下尝到点荆州的厉害了吧?"李夏笑着说:"难忘,难忘!荆州的偏远,我还真是头一次领略到。大家真不容易。加油!加油!"

2

到荆州简单安顿之后,李夏就迅速投入紧张的工作。他在工作日志上,简要地记着每一天所做的事情:

2018 年 12 月 27 日,上午,到荆州乡报到;下午,开展走访,走访

4户代表组长。

2018年12月28日,走访访谈,早上5户,下午4户。

县纪委发文要求组织学习《元旦春节期间严明纪律的通知》及通报,开展相应督察,同分管后勤人员谈话。

2019年1月2日—3日,形成巡察报告,复印相关材料。

2019年1月4日,进驻富强村巡察,在富强村委会,同"两委"干部见面、座谈。与会人员:"两委"、老村干、党员代表、组长等。

将近一个月的县委巡察任务结束后,他立即回到荆州乡工作岗位。根据班子分工,他联系下胡家村并担任该村党建指导员。

荆州乡是远近闻名的山核桃之乡,同时又紧邻浙江临安,外出务工人员较多,不少村民靠种山核桃、外出打工,已过上比较宽裕的日子。但由于各种各样的原因,下胡家村仍有30多户贫困户。作为联村干部,他感到肩上的担子沉甸甸的。

一天他问组织委员王超:"你联系九华村,九华村的贫困户你都走到了么?"王超回答:"我花了几个月时间,基本都走到了。你才来,不要急哦。"李夏说:"那不行啊,你们联村贫困户都走到了,我才分配联系下胡家村。现在脱贫攻坚任务这么重,时间这么紧,我得赶快熟悉下胡家村扶贫情况呢。"

他利用各种可利用的时间,花了一个多月,将30多户贫困户大致跑了一遍。好在下胡家村村民居住比较集中,有时一个晚上也能跑两三户。但就是这样,王超听了也很惊讶:"你这么快就走完了?

用的什么妙招啊?"李夏笑着说:"哪有哪有,就是和你们一样,白天工作,没有时间上门,就利用晚上时间啊。以前在长安镇也经常这样的。"

通过第一轮走访,他初步掌握了村情,对贫困户情况也有了大致了解。高杨村主要靠一朵花(菊花),下胡家村则主要靠一棵树(山核桃树),虽然资源条件不尽相同,但抓住了关键,就都能脱贫致富。他感到很有信心。

5月1日,趁着假期务工回乡人员多,下胡家村组织召开党员大会。作为下胡家村的联村干部,同时又是该村的党建指导员,李夏放弃了回屯溪休假的机会,主动参加了会议,对村班子建设、脱贫攻坚等工作,提出了要求。他对村支部书记胡向明说:"今后只要村里有事,不管是开会还是活动,都要通知我,只要有空我都会参加。"

5月中旬,乡班子成员联系贫困户名单确定了,李夏联系胡红苏、汪云安、胡广金等户。由于前一阵走访时,有些贫困户不在家,而且一次走访印象也不深,他就一户一户再次上门了解情况。

胡红苏家住下胡家村四组,因为肢体残疾,基本丧失劳动能力,靠丈夫汪先仁一人劳动为生。鉴于她家的实际情况,2014年建档立卡时,被确定为低保户。5月中旬的一天,李夏请乡党委委员、副乡长周旭琦陪他一起去胡红苏家走访。夫妇俩听说他是新来的乡纪委书记,是联系他们的乡领导,非常高兴。李夏详细询问了他们生产生活情况,介绍了国家对贫困群众的各种政策关怀,问他们享受到哪些政策、还有哪些困难,耐心解答了他们提出的一些疑问。你一言我一语,家长里短,一谈就谈了两个多小时。

李夏(左)在荆州乡方家湾村走访群众时,帮助村民整治卫生环境

　　随后,李夏与帮扶干部胡晓辉一起,帮她家量身定制了6条脱贫措施:发展到户产业,种植山核桃3亩,补贴900元;享受农村低保A类377元/月;残疾人生活补助每年800元/人,护理补贴每月60元;享受健康政策帮扶,政府代缴新农合费用440元;落实保险保障政策,参加农房保险、扶贫小额人身综合保险;政府代缴新农保100元。

　　下村党村民组的汪云安,是一名退下来的老村干,已经75岁,他

家连同儿子、儿媳、孙子共四口人,由于儿媳身体残疾,家境比较困难。平时他一个人独住,住的是老房子,在村庄后头的坎子上。李夏第一次来走访时,是乡干部程辉和村支书胡向明陪他来的。村里的路绕来绕去,走进下村党,李夏对这个村名感到挺好奇,就问胡向明:"'下村党'是什么意思?"胡向明解释不了,就说:"老祖宗叫的呗。这个'党'字本来不是这个字,是提土旁加个'党',电脑、手机都打不出来。也不知道是什么意思。"

第一次见到汪云安,老人正一个人在家东摸西摸,不知在忙些什么。老人身体尚可,但神情比较落寞,话语很少。胡向明用绩溪话向他介绍说:"这是乡里新来的李书记,今天来看你的。"老人露出憨憨的笑容说:"哦,哦。"李夏握住他的双手,说:"我叫李夏,刚来的,以后有什么事,就找我。""谢谢,谢谢!"老人只顾说谢谢,都忘了叫客人坐。

程辉和胡向明向李夏介绍了汪老家的情况,李夏又问了汪老家的帮扶措施。汪老的帮扶责任人程辉说:"汪老自己有几百块钱老村干补贴,问题不大。关键是他儿媳妇残疾,不能劳动。我们给他家制定的措施,包括落实健康脱贫、社保兜底扶贫、残疾人补助等,也为他家争取了发展农业到户产业项目。"

在交流中,李夏感到老人比较寂寞。胡向明说:"汪老主要是孤单,下村党共有一百多户,但这附近只剩下五户,大多数都搬出去了。"李夏看见屋角有一个放乐谱的架子,问道:"汪老,您会乐器啊？"汪老有些不好意思的样子："哦，哦，会一点。"胡向明说："汪老年轻时就喜欢这个呢。"李夏立刻说："这个好，这个好。您平时一个人在家，没事的时候，可以搞搞吹拉弹唱，对身体健康会有好处。"

特困供养户胡广金，家住下胡家村二组，听力严重丧失，一个人独居。此前他的帮扶责任人是乡干部程伟。像他这样身体重度残疾的孤寡老人，若无党和政府关怀，实在是太可怜了。李夏接任后，立即请程伟陪他上门看望。老人没有田地，仅有 4 亩山场，他像一只山雀一样，经常在外忙碌。李夏连跑三趟都扑了空，第四趟才见到他。因他耳朵听不清声音，交流起来十分困难。在程伟介绍下，他明白李夏是他的帮扶责任人。

根据他的特殊情况，李夏给他制定的脱贫方案，体现了兜底、长期的原则。首先是落实健康脱贫政策，包括政府代缴新农合、一站式结算、住院免押金、家庭医生签约服务、慢性病补偿等一揽子措施；其次是落实社保兜底政策即落实"五保"政策；此外还有小额综合保险、政府代缴城乡居民养老保险等。

人怕孤，树怕枯。李夏把他帮扶的这些老人一直记挂在心，每隔一段时间，就会上门同他们拉拉家常，成了老人心中"最没有架子的好干部"。

李夏也是个念旧的人，人在荆州，心里还时常记挂着高杨村。3月中旬的一个周末，他利用回屯溪的机会，绕道长安镇"故地重游"，看望了王庆华等老同事，走访了高杨村许冬仙、冯孝华等贫困户。

看到村里的机耕路正热火朝天地建设,他很开心,并答应到时一定回来参加污水处理项目的开工仪式。

这次回访,他还听到一个不幸的消息,村委葛洪亮出了意外,正在屯溪医院抢救。葛洪亮综合素质比较高,为了加强村班子建设,在2018年换届选举时,葛洪亮被选进了村委。回到屯溪后,李夏专程去医院探望,并留下500块钱表达自己的心意。

3

成为荆州乡班子一员后,李夏的照片就被张贴在乡机关干部岗位公示牌上。公示牌上方的红底黄字"增进对群众的感情,增进对工作的激情"特别醒目。李夏进进出出的身影,特别是他和善阳光、谦虚务实、刻苦担当的作风,给同事们留下了深刻印象。

"纪检工作来不得半点马虎。"这是李夏常对胡圣子说的一句话。

胡圣子与他在一间办公室办公,两个人常常是一个坐在电脑前敲字,一个站在旁边观摩,文档打印好后,两人再逐字逐句校对……多少个夜晚,两人都是这样度过的。

一天晚上,两人为了一个案件通报,又一起加班搞材料。按照文件格式,正文结尾才是"主送""抄送",这是机关公文的常识,但一般未经专业培训或机关工作训练的人,往往弄出笑话。由于小胡是第一次写案件通报,就犯了这样的错误,想当然地把"主送"写在了开头。

初稿拟好后,他送给李夏审阅。李夏一眼就发现了这个问题,并立即向他指出来。小胡却不以为然地说:"这个没什么关系吧?只要内容没问题,个别技术性错误不要紧吧。"李夏较真起来:"怎么能说没关系?纪委的工作,连一个页码都不能有错!"

这样的"小题大做",胡圣子领教了很多。

李夏调任荆州乡纪委书记之前,乡纪委书记一职空缺,纪检监察工作由乡党委副书记汪龙山代管。在与李夏做工作交接时,他特别把一件较为棘手的事向李夏作了交代。

事情是这样的:方家湾村原党支部书记赵长春(化名),2015年6月,因不履行上级党委决定,被停止书记职务,12月受到留党察看2年的处分。2018年5月至6月,县委第一巡察组对荆州乡党委开展常规巡察时,发现赵长春在任方家湾村支部书记期间,超额报销差旅费3800余元,超额发放工资和绩效工资6300余元,另有参与赌博被公安机关处理的情况。县纪委将案件移交荆州乡处理,巡察整改要求追回资金1万余元,并立案处理赵长春参与赌博违纪案件。

看起来这不算一件很大的事。但汪书记向他交代时说比较麻烦棘手,一来赵长春是一名老党员,熟人熟事,情面上过不去;二来老

赵已接受过党纪处分,成了一名普通党员,再加问责恐怕思想做不通;三来要老赵退款有难度,他家经济状况不好。有此"三难",李夏也觉得的确是一件"比较棘手"的事情了。

在充分了解情况后,李夏决定先做老赵的思想工作,思想做通了,再妥善处理相关违规违纪问题。

随后他将老赵约到办公室,谈了很长时间。但老赵抵触情绪强烈:"我已经是一个普通党员,你们还要怎么样?你们爱怎么处理怎么处理,反正我没有钱退款。"

几天之后,李夏再次联系老赵。老赵听出来是他的电话,推脱道:"我在县城,正往家赶。"

电话是上午9点打的,可直到晚上7点多,不见老赵回音。李夏猜到老赵不愿见他,在和他"捉迷藏"。晚上8点,他带着胡圣子直奔老赵家,一进门就用半开玩笑半当真的口气说:"老赵,你是不是故意躲着我们啊?"老赵说:"那怎么会。确实回来晚了。"但态度依然比较生硬。

李夏依然不温不火地说:"我相信你不会故意回避的。毕竟你是一名老党员,有一定的政治素质。"

然后李夏又和他谈起《亮剑》。这是一个"迂回战术",前两天在和汪龙山谈论老赵的事情时,李夏听说老赵很喜欢看这部电视剧,并且对剧中人物李云龙佩服得不得了。"最近是不是在看《亮剑》啊?听说你很喜欢李云龙这个人?"老赵的表情忽然发生微妙的变化,眼睛直直地盯着李夏,不知道他葫芦里卖的什么药。"我也很喜欢这个电视剧呢。李云龙有本事、有脾气,一个堂堂正正的男子汉,我也挺敬佩他的。"老赵放松了警惕,说:"我闲来没事时看看。"李夏接话说:"李云龙这个人,有脾气,甚至还有些匪气,但他也讲规矩、守纪律。这一点很可贵。"老赵点点头:"是哦是哦。"

两个人你一言我一语,越谈越深。小胡坐在一边,听得津津有味。老赵的思想疙瘩慢慢解开了。

李夏趁势说:"我非常理解,当村干部太不容易了,大家都是乡里乡亲的,低头不见抬头见,要想得到大家信任,讲话做事稍有不公都不行。在村里工作,权力不大,责任不小,干出一点成绩,需要加倍的付出啊。"老赵有些感动,起身为李夏、小胡添了茶水,然后坐下来,一五一十,把这些年吃的苦、受的气,一股脑吐了出来。牢骚怨气发过之后,有些后悔地说:"也怪我自己,平时不注意学习,政策规矩了解不透,做了一些不该做的事。""组织怎么处理,就按规定处理吧,我接受,谁叫我头脑不清呢。多领的那点钱,我想办法来退。不过家里暂时比较困难,希望能缓解一点时间。"

执纪工作要有力度,也需要有温度。根据老赵平时一贯的表现和他家的实际情况,对照相关政策,李夏想了一个比较稳妥的处理办法:先退 3000 元,以后每月还 500 元,2019 年年底前,全部退还到位。这个处理意见,经请示县纪委同意,老赵表示很满意,感谢组织的理解和关心。对于他参与赌博问题,对照相关纪律规定,给予党

内严重警告处分。

后来,已被免去党支部书记职务,按期还清了多领款项的赵长春说:"那天李夏对我的谈话,拿住了我的'七寸',我不得不服。"

4

纪律惩处和道德约束,仿佛车之两轮、鸟之双翼,是纪检监察工作的主要方式。到荆州工作后,特别是通过查处群众身边的"微腐败",李夏一直在思考如何"两手抓""两手硬"的问题。

徽州人深受程朱理学影响,有着良好的勤俭持家、廉洁奉公传统,许多大家族如胡氏、程氏、汪氏,都保存着良好的家风家训。几年前,绩溪《章氏家训》还被中纪委遴选为全国廉政教育范例,在全系统进行推广。李夏在长安镇工作期间,借助梧川红色革命资源,建立廉政教育基地,通过举办"菊花节"弘扬菊花廉洁文化,已经摸索出一些工作经验,尝到了一些甜头。

一天,他和胡圣子谈起党员教育问题:"农村党员整体文化水平不高,平时又多忙于农活或外出打工,党规党纪的学习难以及时跟进。你有没有思考过这个问题?"

小胡说:"我还没想太多。不过我觉得现在出台的党规党纪很

多,主要还是针对县以上领导干部。对农村党员,应该有更加简便
的宣传方式。"

李夏觉得小胡说的在理,接着问他:"你可有什么好的建议?"

小胡说:"我们可以把党规党纪中的核心意思,进行摘要归纳,
用通俗易懂的形式,发给大家。"

李夏说:"这个主意好,我们来细化一下,拿一个东西出来,供大
家学习使用。"

随后,他和小胡紧锣密鼓,反复商量推敲,拿出了《荆州乡纪委
党规党纪宣传"三十条"》草稿。为了"接地气",他俩将草稿分发给
乡班子成员、村"两委"干部,广泛听取意见建议,最后形成定稿:

（一）

党要管党新形势

从严治党严要求

纪律底线不可碰

（二）

政治纪律列首位

"四大意识"记心底

爱党敬党见言行

（三）

组织纪律大原则

坚决服从最紧要

党员发展程序严

（四）

廉洁纪律记心田

以权谋私要处分

崇廉拒腐人清白

（五）

群众纪律牢牢记

百姓利益不可侵

政策惠民须公平

（六）

工作纪律应记清

部署落实需严谨

小事大事莫轻心

（七）

生活纪律正品行

个人家庭名誉重

社会公德要遵循

（八）

党员违法纪不饶

酒驾赌博事非小

触碰刑法有重处

（九）

"四种形态"措施硬

组织处理摆在前

纪律处分有轻重

（十）

廉政准则应躬行

处分条例常常记

守住底线安心灵

　　不押韵、不对称，看起来"没什么文化"，但"六项纪律""四种形态"，以及赌博酒驾等重要内容都提到了，稍有文化的人都能懂、容易记。县纪委对李夏和小胡的这个"创新"，给予了充分肯定。

　　完成了《荆州乡纪委党规党纪宣传"三十条"》后，李夏意犹未尽，接着抓廉政文化进农村工作。他指导各村建立了廉政文化墙，把相关党风廉政建设内容公布上墙，让群众在潜移默化中接受廉政文化熏陶，强化农村党员干部遵纪守法意识。

　　一天，在走访九华村时，听说皖南山区第一个农民政权旧址——九华农民协会就在村内，他非常兴奋，立刻起了一个念头：打造荆州廉政教育示范点。他把想法向乡党委做了汇报，随后与县党建、党史等部门沟通对接，又组织乡关工委积极参与，很快在九华村建了《胜利之路》革命文化宣传墙，并谋划在农协旧址内建设廉政文化展馆。这样一来，全乡的党风廉政教育就有了一块本土基地，不再容

易落空。

乡纪委就他和胡圣子两个人,一个领导一个兵。两人个头差不多高,都长着圆圆的脸,每天要么一起待在办公室整理材料、侍弄文件,要么一同下村走访调研,要么一起外出办案,整天忙得不亦乐乎。但忙归忙,辛苦归辛苦,所做的每一项工作,取得的每一点成绩,都得到乡党委的充分肯定和同事们的夸赞,他们是越干越有劲。

5

相较于长安镇,荆州乡到县城、到屯溪远得多了,加上"天路"险峻,每一次回家,也难了一些。作为全县最偏远的乡镇,干部工作日只能住在乡里,根本当不了"走读生",只能当"住校生",很多人对此望而生畏。但李夏早已习惯了"住校",更习惯了在电话视频里与家人团聚。宛云萍总说自己不会说话,可她说出来的话,总叫李夏开心自豪。她说过,虽然不能天天在一起,但比有些天天在一起的人还要幸福。一天晚上,他们聊着聊着,宛云萍又突然蹦出一句话:"夏,你现在这个样子,就是把群众放在心尖上,把女儿养在手机里。"

出于安全考虑,他每次从屯溪到荆州,都是先把车子开到绩溪县城,再由县城转乘中巴车过去,每一趟都要近 3 个小时。

荆州全乡仅有约 7000 人,常年有 2000 人左右外出务工,集镇根本无法形成规模,只能算是个有路灯的村庄。每天晚上,吃过晚饭后,李夏要么到附近的小九华路上散散步,要么在宿舍里学习。但与妻子视频通话,是他雷打不动的"重要任务"。

视频时间一般在晚上七点钟左右,大家都吃好了饭,宛云萍开始洗衣服了,她就把手机架在水池上,一边洗一边聊。很多时候水龙头声音太大,对方说的什么根本听不清。但他们还是聊得很开心。实在听不清了,李夏就看着宛云萍搓衣服。等衣服洗好了,他会甜腻腻地说:"云萍,就这样不说话,看着你也挺好的。"

俩人聊得最多的就是女儿。转眼婉儿已经 6 岁了,已经有学习任务了,拼音、写字、数学,还要练习钢琴。那架钢琴就放在客厅里,离宛云萍洗衣服的阳台不远。有时候女儿正在练琴,李夏就让妻子把手机转向女儿,这样他不仅可以看到女儿弹钢琴,还可以跟女儿互动一下。

不知不觉,在乡镇工作已经 8 年了,女儿都长大了。夜深人静的时候,李夏躺在床上,有时会想起许多事情。到荆州报到的前一天晚上,汪来根主席和他谈心,一连问了他好几个"可知道":可知道荆州是全县最偏远的乡镇;可知道那个盘山公路要绕 300 多道弯;可知道要经过海拔 1700 多米的山云岭,一到冬天路就要结冰,车子就通不了。李夏的回答是:"事情总要有人做。"他记得宛云萍曾对他说:

"人家是越走越近,你却越走越远。"他想起给宛云萍的保证书,任何时候都要保护她不受危险的威胁。他回忆父亲去世的时候,他对母亲说过的话:我已经没有了父亲,再也不能没有母亲……

每当想起这些,他就在床上辗转反侧睡不着,心里泛起一阵阵的愧疚。

美好生活是奋斗出来的。奋斗就要有付出。有付出才会有回报。他和宛云萍商量,今年要给家里添三样东西:给女儿买个平板电脑,让她学习累了,可以放松一下;给老婆换一部手机,她那手机也太旧了,视频不清楚;给自己换台电脑,旧电脑总是坏,很多工作没法及时处理。这种有目标有压力的生活,又让他充满激情和干劲。

<h2 style="text-align:center">6</h2>

习近平总书记说:"以百姓心为心,与人民同呼吸、共命运、心连心,是党的初心,也是党的恒心。"李夏牢牢记住了这段话。

全国第一批"不忘初心、牢记使命"主题教育开展后,荆州乡党委也结合工作,自觉、提前开展了学习教育活动。

一天晚上,周旭琦副乡长路过李夏办公室,见他正伏案学习,就走进去和他聊天。他们聊着聊着,聊起了彼此的初心。

周旭琦说:"我的初心是为中华民族之崛起而奋斗!"

李夏笑了笑。

周旭琦反问道:"那你的初心是什么呢?"

李夏说:"我就是喜欢和老百姓打交道,我想要为老百姓做点实实在在的事情。"

听罢,周旭奇不知说什么好,欲言又止。

李夏却谈兴很浓,接着说:"你今天出的这个题目很好啊。每个人的初心也许不尽相同,但共产党人的初心,都有一个共同的起点,就是全心全意为人民服务。我们乡马上也要开展'不忘初心、牢记使命'主题教育了,我们要多开展类似的谈心谈话,多听听其他人的意见与建议,好好对照对照,看看自己的初心牢不牢,使命践行得怎么样。"

那天晚上,他俩谈了很久很久。

7月2日上午,李夏和周旭琦一起去九华村,参与监督九华村低保评议大会。低保申请人员与参与评议的代表到达会场后,周旭琦邀请李夏一起坐在主席台上。李夏摆了摆手说:"我是来监督评议会的,和群众一起坐下面就好,你们按程序正常进行。有什么情况,我们再一同处理。"说着,就坐到申请低保的群众一起。大家见这个小李书记一点官架子没有,不由得对他多了一分信任。

山核桃是荆州百姓的摇钱树、致富树。但山核桃也是"血汗树"

"生命树"。山核桃树生长缓慢,种下去后,8年左右才能结果。生长期间施肥、除草、打药,一步不能少。采收季节,小树用竿子打,大树则要爬上去打。收回来后,去皮、选子、晾晒、分拣、炒熟(烤熟)、包装、销售,一条很长的作业链。由于山核桃树一般生长在陡坡上,树干滑溜溜的,过去曾发生过多起人从树上掉下来的伤亡事故。林权制度改革后,农户的山场你挨着我、我连着你,山核桃采收季,还常常会发生一些牵扯不清的矛盾,甚至发生打架斗殴的恶性事件。正因为有这些特殊情况,每年山核桃采收季节,乡里都要集中精力做好护收(护秋)工作。

李夏初到荆州,对于山核桃只知其"摇钱树"的一面,而不知其"血汗树""生命树"的一面,尤其山核桃采收期间,有哪些事需要提前谋划,哪些工作需要重点安排,哪些问题需要特别留意,他心中没有底。

山核桃采收大致在白露节气,也就是9月上旬。他听说乡里每年都要开大会,专门部署山核桃护收工作,采收期间,每天要安排干部和500名群众到81个卡点值守,严阵以待。他意识到护收工作的严峻性、重要性。

8月2日晚,他特地到村里去,与胡向明商量,建议8月5日晚,召开下胡家村山核桃护收工作会议,这比往年提前了近一个月。

正因为懂得山核桃对荆州百姓的意义,也明白干部护收就是直接为老百姓服务,他才不敢稍有懈怠和闪失,因此才打了这么多的

"提前量"。

8月5日晚,下胡家村村委会灯火通明,李夏在这里组织召开全村党员大会,专门部署山核桃采收工作。他说:"今天这个会就一个任务,提前部署今年山核桃采收工作。我新来乍到,对采收护收工作不熟悉,还要向大家学习请教。"他接着强调了山核桃对于每家每户的重要意义,对采收工作提出了几条明确要求:第一,要把采收工作当作大事对待;第二,党员户要带好头,不仅要收好自家的,还要帮助贫困户和劳力少的家庭;第三,村"两委"干部工作要靠前,全力做好护收工作。

乡党委书记舒添巍碰到他说:"李夏,你这工作很超前啊,乡里会议还没有开,你就把村会开了?"

李夏说:"我初来乍到,还没有参加过山核桃护收工作,心里没有底。我得提前把工作安排一下,有什么不到位的,还有时间进一步完善啊。"

7

7月底,因工作需要,胡圣子调整到别的工作岗位去了,李一博接替他担任纪检干事。考虑到让李夏工作、生活方便一些,乡里将

他原来和小胡共用的办公室,中间隔了一下,前面部分仍然作为他的办公室,里面的部分改成了宿舍。李夏就在这个"宿办合一"的房间,工作到2019年8月10日。

李夏的节俭一如既往。房间里仅有一张单人床,一个掉了漆面的衣柜,一张摆放日常用品的桌子,几个紫色的衣架,两双鞋子。衣服换来换去总是那几件,包括一件常常穿在身上的迷彩服。小胡曾劝他买几件新衣服,他说:"我对穿着无所谓,关键要把工作做好。"

7月25日至8月9日,绩溪县委第六巡察组由组长孟庆文带队,到荆州乡方家湾村开展常规巡察,李夏作为被巡察乡党委政府的联络员,全程参与配合巡察工作。

巡察组进驻之前,他主动与巡察组对接,协调安排好了巡察办公室、住宿宾馆等,同时第一时间安排相关单位将财务、党建、工程项目等资料准备好,以节省巡察时间,提高巡察效率。当得知巡察组办公需要一台打印复印一体机和碎纸机,他就将自己办公室的打印机和碎纸机拆了下来,给巡察组用,尽量不花钱购买。

方家湾村散落在大山深处,村民组与村民组之间相隔数千米。巡察正式开始后,需在各村民组张贴巡察公告和悬挂举报信箱。七月的荆州,骄阳似火,中午气温近40摄氏度。为了方便群众信访举报,将"巡察举报箱"真正放在村民眼前,李夏主动承揽了这件"小事"。他拿着工具,带着巡察组的工作人员,一个村民组一个村民组地跑,8个村民组马不停蹄跑了一上午,跑得气喘吁吁、大汗淋漓。

　　村级巡察走访对象较多,有些群众白天要上山务农,李夏就利用晚上,带领巡察组的同志上门走访。他拿着手电筒,走在一行人的最前面带路。弯弯的山道上,他们仿佛一支夜行军。他对各村民组熟悉的程度,让大家称奇。不论提起哪个村民组,该组有多少户头、多少人口,党员有多少、贫困人口有多少,他都能张口就来、了如指掌。巡察组组长孟庆文感到非常纳闷,问他:"李夏,你才来荆州半年多,对各村情况怎么这样熟悉?"李夏回答说:"没什么啊,走得多了,自然就熟悉了。"

　　"走得多了,自然就熟悉了。"这是多么朴实的一句话啊!孟庆文对同行的干部说:"大道至简。你们听听,李夏同志多么了不起!走得多了,才能对群众更加了解,才能真正走进群众的心里!"

8

　　8月是荆州一年中最热的时节。既要配合县委巡察,又要准备山核桃采收,还要筹划"不忘初心、牢记使命"主题教育,事情一桩接一桩,大家都感觉比往年忙了许多。

　　李夏习惯性地把日程排得很紧,以便各项工作统筹推进,不被耽搁。

8月5日晚上,李夏在下胡家村召开党员大会,提前安排今年山核桃护收工作。

8月7日晚上,李夏又在下胡家村召开村"两委"会,通报扫黑除恶情况,并为村"两委"干部和党员上专题党课。

8日上午,因为台风预报,李夏去联系户汪云安家查看住房安全,一连跑去三次,他都不在家。

8月8日下午,李夏和李一博一起去九华村做案件笔录。从两点半左右开始,一直持续到六点左右。五点半的时候,当事人问:"李书记,你们是不是快要下班了?"李夏摇摇头说:"我们没有固定的下班时间,您不用急,想说什么就说什么,咱们今天把事情聊清楚再下班。真要是现在想不起来,也可以随时来乡政府找我补充。"

李夏和李一博都不是本地人,做笔录时,当事人说到激动的地方,往往语速加快,普通话夹杂着方言,难以听懂。李夏一直耐心地听着,安抚当事人的情绪,遇到不清楚的地方,也不急不躁,温和地询问。

8月8日晚上,李夏约村支书胡向明,再次到他联系的贫困户汪云安家里去。一路上,他叮嘱胡向明:"天气预报说第九号台风'利奇马'就要来了,村"两委"干部要全部在岗在位,做好防范工作。"

8月9日一大早,荆州乡天空开始变暗,乌云逐渐增多,空中不时洒下零星的雨点。上午,李夏还在办公室准备"三个以案"警示教育相关材料。

9日下午,李夏和李一博出去办案。将近五点半的时候,李夏才拎着公文包回来。

10日凌晨,2019年超强台风"利奇马",在浙江省温岭市沿海登陆,登陆时中心附近最大风力16级。荆州乡境内雨势逐渐增大。

10日上午,李夏主持召开"三个以案"警示教育研讨会,通报形式主义、官僚主义典型案例,学习习近平总书记力戒形式主义、官僚主义相关论述。他在研讨会上说:"开展'以案示警、以案为戒、以案促改'警示教育,就是要深入推进作风建设,持之以恒正风肃纪,坚决整治形式主义、官僚主义,就是要实实在在做人做事,不搞'假大空'。"

10日中午,李夏在食堂吃完饭,出去买了几串葡萄。回来路过副乡长周燕蓉办公室时,看见她在里面,就说:"周姐,吃葡萄。"说着给她摘了一大碗。

下午3时35分许,乡人大主席王全胜从楼上匆匆下来,经过二楼楼梯口时,见李夏正在办公室忙碌,着急喊道:"小李,乡敬老院就要进水了,我们赶紧一起去看看!"李夏一面答应着,一面起身摸起一把雨伞,就和王全胜一起冲进了雨幕中……

第四章　感天动地

1

8月12日上午,"利奇马"的淫威,似乎还没有完全退去,空气中依然弥漫着酷热、惊恐、哀伤,皖南山城绩溪县殡仪馆,李夏同志遗体告别仪式正在这里举行。庄严肃穆的遗体告别厅哀乐低回,"沉痛悼念李夏同志"的黑色挽联被热风吹动,发出"哗哗"的声响;厅中央摆放着李夏的灵柩和遗像,灵柩四周摆满鲜花;厅两边的挽联写着:"坚守初心,忘我救灾,壮举能史能碑英魂永驻;不负使命,舍身抗洪,精神可歌可泣德范长存。"李夏静静地躺在百合和白菊丛中;

水晶棺头的遗像，表情庄重，目光沉毅，与他深爱着的家人、父老乡亲，永远的告别了。

仪式由县委副书记陈自水主持。他怀着沉痛的心情，简要介绍了李夏同志短暂而绚烂的一生，代表组织及其个人向李夏同志表达了崇高敬意。李夏的亲属家人和生前友好，县四大班子领导成员及其他县级领导，乡镇及县直单位领导班子成员，李夏工作过的荆州乡、长安镇部分干部群众代表，部分社会人士，齐集县殡仪馆，来送李夏最后一程。

李夏的母亲褚虹、妻子宛云萍、岳父宛传富被人搀扶着，绕着李夏的遗体缓缓走着。他们一声声哭喊着："李夏，你怎么就这样走了呀！""李夏，你和我们回家呀！"

伴随着人群缓缓向前移动，一个稚嫩的声音传出来："爸爸，你怎么不坐起来？"小女孩天真的话语，吸引了几乎所有人的目光。看到这人间最惨痛的场景，每一个人都抑制不住流下了眼泪。

前来吊唁的人群陆续离开。褚虹兀然坐在儿子遗体旁边。从昨天得知儿子牺牲，到今天来和儿子永别，一天一夜间，她经历了从人间到炼狱的极端煎熬，顿然苍老了许多。作为母亲，她永远无法接受这个事实，前两天还活蹦乱跳的生命，那么孝顺懂事的儿子，怎么会说没就没了？母子一场，恩深义重，本以为可以天长地久、永享天伦，可为什么短短三十三载，缘分就尽了？！

一个女婿半个儿。宛传富，这个朴实勤劳的农民，对这个公务

员女婿,特别满意,特别骄傲。每次李夏去看他,爷俩总有说不完的话。可今天,生活的重担没有压垮他,女婿的牺牲却让他几乎一夜白了头。他靠墙蹲在地上,双手抱着头,一遍遍低声呼唤着李夏的名字,他情愿躺在那里的不是李夏,而是他自己。

宛云萍一直静静地站在李夏遗体旁,突如其来的巨大伤痛,使这个朴素瘦弱的女子,面部失去了表情。她僵直地站在那里,痴痴地望着那张熟悉的脸庞,那是她多么喜欢、多么惦念的一张脸啊!她偶尔回过神来,望着悲痛欲绝的婆婆、伤心欲绝的老父,还有天真无邪的孩子,泪水禁不住簌簌流淌。

吴鹏飞等几位李夏生前要好的同学,默默陪伴在李夏母亲身旁。昨天晚上,当李夏母亲发来信息,说"李夏走了",吴鹏飞还回了一条信息:"他去哪儿了?"他根本想不到李夏会出事;他也无法相信,这么好的同学,从此就阴阳相隔了;他甚至怀疑,这一切不是真的。站在李夏遗体旁,当着褚虹阿姨的面,他除了流泪,实在不知道还能做什么。

"作为一名党员,就应该舍小家顾大家,勇于奉献自己,洪水袭来时,有人用身躯的坚强去压制洪水的怒吼……"这是李夏在入党申请书中写下的青春誓言。这个夏天,他用付出生命的实际行动,践行了一个年轻共产党员的使命,用满腔热血书写了无愧于党、无愧于人民的壮丽人生。

8月13日上午8时,李夏遗体送归故乡黄山火化,家乡市民群众及李夏的亲朋好友聚集在殡仪馆外,等待英雄归来。

　　年幼的女儿似乎还不知道死亡意味着什么,站在墓前,扯着妈妈的衣襟,一遍一遍地问:"爸爸在哪儿? 爸爸在哪儿?"当妈妈告诉她:"我们回家找找好不好? 也许爸爸在家里呢。"孩子似乎突然明白过来,喃喃地说:"爸爸在打怪兽。爸爸保护我。"说着说着大哭起来:"可是,我不想爸爸死啊! 我不想爸爸被大水冲走啊!"可爱的小女孩,可怜的小女孩,边哭边把一个心爱的橘黄色变形金刚玩具,放在爸爸的墓前。

2

　　李夏遇难的消息不胫而走,远近各地亲朋好友,曾经的同事和帮扶过的乡亲,以及远在北京的母校老师和校友,无不感到巨大震惊和悲痛。

　　"我不敢相信!"这是王庆华的第一反应。听说李夏出事了,他不敢相信、不愿相信,立刻拨打李夏的电话,但没有人接听;接着又给胡向明支书打电话,回答是"李夏失联"。他急不可耐,又立即和镇派出所联系,要连夜赶到荆州乡去帮忙找李夏。但派出所建议他们不要去,荆州的道路已被洪水冲断。

胡中武、王建兴、胡高丰等几位高杨村村民,抑制不住急切的心情,连夜包车往荆州赶去,但堵在了被洪水阻断的公路上。

8月11日清早,焦急等候了一夜的王庆华,接到胡向明的电话。胡向明难过地说:"李夏已经找到了。他已经牺牲了!"听到这个不幸的消息,这个木讷、憨厚、轻易不流露感情的汉子,虽然早已预料到凶多吉少,还是禁不住失声痛哭起来。

12日一大早,他约上村里一名支委、一名扶贫队长,赶到县殡仪馆,为这个热心能干、可亲可爱的小兄弟送行;下午,他又带领自发组织起来的75名群众,再次来到殡仪馆看望他们的"亲人"。

"当晚刚听说你出事的时候,心里第一反应:又是哪里传来的虚假信息。但当问了几个人以后,心里有种说不出的难过。点开你的微信朋友圈,眼泪直在眼眶打转。你的个性签名,你的头像,你的朋友圈背景图,仿佛都在向我挥手,一切那么近却又那么遥远。"

"回想你在长安的日子,在楼上看你在房间和家人视频,玩我看不懂的游戏,还调侃你是一个很聪明的人。每次去你办公室看你工作,都觉得你是一个特别踏实的人,特别的靠谱!还记得你去荆州前,我喊你李书记,没想到这竟是我最后一次喊你李书记,真的好难过!

夏哥,真的好想再当面喊你一次啊!"

——长安镇干部张健微信留言

"灾难的本质就是灾难,我不知道它离我们竟这么近,会带走我亲爱的同事！值班时一起说笑的日子还历历在目，我真的真的没办法接受……希望，天堂诸事顺利，好运来；希望，你家里人好好的好好的！

夏哥一路走好！"

——长安镇人大办干部方玲微信留言

"曾经一起共事5年，很多工作技能都是你教的，就连微信最后一次联系，也是因为工作。对于大家，你是伟大的英雄；对于小家，你只是最平凡的父亲、丈夫和儿子啊！努力的你，笑起来眯眯眼的你，年仅33岁的你，我们的夏哥，一路走好！"

——长安镇党政办原副主任吕艳婷微信留言

"这是我上班第一站长安镇的同事，那时候的他，是同事更像是兄长，教我们为人做事的道理。昨天刚听到消息的时候，惊诧之余更是难过，接受不了，为找不到最后恭贺我的聊天记录而耿耿于怀。

夏哥，一路走好！"

——长安镇浩寨村汪羚微信留言

"噩耗传来后，我的心情特别沉重。他在党政办工作期间，我们村危房改造的每一户审核和验收，他都会亲自到场，是我们的榜样。"

——长安镇大谷村村委会主任戴辉箭微信留言

"真的不敢相信，他走得这么突然。他为人非常正直，工作也非

常负责。太可惜了!"

——长安镇计生办程龙帆微信留言

"母校以你为荣!英雄一路走好!"

——防灾科技学院教师微信留言

"我们学的专业都是应急救援,最清楚哪里有危险,可李夏学长还是义无反顾地奔向最危险的地方。这是学长用生命给学弟学妹上的最后一课!"

——防灾科技学院学生赵玥

"学长用行动践行了防灾人的责任和担当,用生命诠释了共产党人的初心和使命!"

——防灾科技学院校友微信留言

3

李夏的牺牲,惊动了各级党委、纪委及组织、宣传、共青团等各部门,对他"铁肩担道义,热血践忠魂"的英雄壮举,纷纷给予褒奖。

8月11日,在宣城市纪委报送的《关于绩溪县一乡镇纪检书记在抗击"利奇马"台风中不幸遇难的报告》上,中共安徽省委常委、省纪委书记刘惠迅速做出批示：

李夏同志在抗击"利奇马"台风中，不顾个人安危，英勇奋战在第一线，为保卫人民群众生命财产安全，献出了年轻而宝贵的生命，体现了我省纪检监察干部对党忠诚、关心群众、担当尽责的政治品格。谨向李夏同志亲属致以诚挚慰问！宣城市、绩溪县纪委监委要积极配合当地党委和政府，妥善做好李夏同志家属关爱帮扶工作，充分体现组织的关怀和温暖。全省纪检监察系统和广大纪检监察干部要结合开展"不忘初心、牢记使命"主题教育，深入学习李夏同志先进事迹，以实际行动践行"两个维护"，践行忠诚干净担当。

8月12日，绩溪县委书记黄德泉主持召开县委常委会，决定追授李夏同志"绩溪县优秀共产党员"称号。

同日，共青团安徽省委、安徽省青年联合会决定追授李夏"安徽青年五四奖章"荣誉称号。

8月12日，在安徽省纪委报送的《关于安徽省宣城市绩溪县荆州乡纪委书记李夏同志抗击台风因公牺牲的情况报告》上，中央政治局委员、中央书记处书记、中央纪委副书记杨晓渡做出批示：

呈报乐际同志审示。这是真正在抗灾中牺牲的纪检干部，拟请宣传部跟进关注。

8月14日下午，宣城市委书记陶方启主持召开市委常委会议，决定追授李夏同志"宣城市优秀共产党员"称号，号召全市广大党员干部把学习李夏同志先进事迹作为"不忘初心、牢记使命"主题教育

的身边案例和鲜活教材,在奋力开创宣城融入长三角一体化发展、建设皖苏浙省际交汇区域中心城市中当先锋、做表率。

李夏牺牲后,省委书记李锦斌先后做出三次批示,并于8月16日上午,主持召开省委常委会议,集体学习李夏同志先进事迹,研究部署学习宣传表彰等工作。会议决定追授李夏同志"安徽省优秀共产党员"称号,号召全省广大党员干部学习李夏同志的先进事迹,牢记初心使命,勇于闯出新路,为全面建设现代化五大发展美好安徽做出更大贡献。

同日,安徽省纪委、省委组织部、省监委、省人社厅追授李夏同志"全省纪检监察系统先进工作者"称号。

8月19日,宣城市委宣传部向省委宣传部呈报《关于转呈李夏同志先进事迹材料并追授"时代楷模"称号的报告》,省委宣传部研究后随即向中央宣传部做了报告。

9月2日,中央文明办发布8月"中国好人榜",李夏当选敬业奉献"中国好人"。

10月23日,中共中央宣传部授予李夏同志"时代楷模"荣誉称号。

4

　　李锦斌书记一直惦记着李夏。9 月 2 日,忙完一天的工作,他连夜赶到绩溪县,3 日一早便沿着"皖浙天路",前往李夏生前工作的荆州乡,来到下胡家村山体滑坡点,现场了解李夏在此牺牲的全过程,查看水毁工程修复现场和山核桃优质丰产实验基地。

　　当地干部群众一致称赞李夏一心为民,是好青年、好干部。李锦斌听后很感动。他说:"李夏同志确实是一个有血有肉、有情有义、有信仰有操守、有担当有作为的先进典型,值得我们学习。"他走进李夏生前的办公室和宿舍,看到办公桌和床头柜上摆放着《习近平新时代中国特色社会主义思想学习纲要》等书籍,说:"李夏同志确实是用习近平新时代中国特色社会主义思想武装起来的优秀年轻干部、优秀基层干部、优秀纪检干部。"

　　在乡政府会议室,他主持召开座谈会,听取市、县负责同志和李夏生前同事、群众代表的发言。他说:"李夏同志是一个对党忠诚最守初心、对职责使命最能担当、对人民群众最有感情、对纪检工作最敢较真、对各项事业最讲认真的好党员好干部,不愧为基层党员干部忠诚干净担当的楷模,不愧为新时代纪检监察干部的标兵,不愧

为'不忘初心、牢记使命'主题教育中涌现出来的先进典型。"

3日下午,驱车两个多小时,李锦斌来到李夏曾经担任党建指导员的长安镇高杨村。"工作交给李夏,你就放心。""真是党的好儿子啊,这么年轻,真是太可惜了……"干部群众动情地回忆起与李夏相处的点点滴滴。李锦斌说:"只有干部把群众当家人,群众才能把干部当亲人。我们要把李夏同志一心向党、倾心为民、务实肯干的优秀品质和崇高精神发扬光大。"

3日傍晚,李锦斌专程来到黄山市屯溪区李夏的家中,代表省委向其家属表示诚挚慰问。李夏母亲对组织的关怀表示感谢,她用微弱的声音说:"李夏受党教育培养多年,为人民牺牲是值得的。"李锦斌听后,对其识大体、顾大局的精神和优良家风,给予充分肯定,要求当地党委、政府一定要妥善照顾好李夏同志家属的生活。

李锦斌对随行的相关部门负责同志说,要进一步把李夏同志的先进事迹总结好,突出先进性、人民性、真实性,更好地用榜样力量温暖人、鼓舞人、启迪人;要进一步把李夏同志的先进事迹运用好,将其作为全省主题教育的先进典型,引导广大党员干部对照先进守初心、担使命、找差距、抓落实,巩固脱贫攻坚成果,加快乡村振兴步伐;要进一步把李夏同志的先进事迹宣传好,增强影响力、感召力、公信力,大力营造崇尚先进、学习先进、争当先进的浓厚氛围,以优异成绩庆祝新中国成立70周年。

5

平凡中见伟大,朴素中见真情。李夏如同夏花般短暂而绚烂的人生,吸引了各级媒体的密切关注,一篇篇新闻报道,从不同角度不同方面,详细地介绍了李夏生动感人的事迹,引起全社会的强烈反响。

第一波新闻报道,以短消息为主,集中于李夏牺牲后一周左右推出。人民网、新华网、央视网、央广网等中央网络媒体,均在第一时间发布了李夏壮烈牺牲的消息。《中国纪检监察报》自 8 月 12 日起,分别以《不惧艰险,用生命诠释担当》《"希望巧遇你走在我家乡的路上"》《与挚爱的这片热土融为一体》《使命不因风雨坎坷而淡忘》《植根于热土的眷念》为题在头版刊发文章,生动报道了李夏扎根基层 8 年,历经风吹雨打不改初心使命的激情人生,表达了对一位基层纪检监察干部的特别褒奖和眷念。

中共安徽省委宣传部将李夏同志确定为全省重大宣传典型后,8月 20—21 日组织中央驻皖及省直 14 家主流媒体,走进李夏牺牲地点、曾经工作过的地方、帮扶过的贫困户以及他的家庭,通过深入细致的调查采访,挖掘出点点滴滴的"细节"和"故事"。记者们被这样

一个有血有肉、有情有义的基层优秀年轻干部深深打动，许多人流下感动的热泪。

随后一段时间，中央和省各大媒体陆续刊播相关报道。《光明日报》8月16日刊登驻站记者常河、《新安晚报》记者曹庆联合采写的文章《33岁的生命定格在风雨中》；《安徽日报》在8月13日刊登长篇通讯《用生命书写担当》后，26日头版再次刊发《初心照长路，风雨砺青春》长篇通讯，追记英雄事迹，缅怀烈士英魂。

用典型引路，让楷模放光。10月22日前后，配合中宣部"时代楷模"发布，中央各大媒体再次集中推出李夏专题报道，在广大读者、观众、听众中，唱响英雄之歌。《人民日报》10月22日7版，用近半个版面的篇幅，推出长篇报道《为百姓，他不曾犹豫半分——追记安徽省绩溪县33岁殉职干部李夏》，并配发记者手记《使命不因风雨而淡忘》。新华社安徽分社社长王正忠领衔采写的长篇通讯《换得秋实一夏花》，头版头条刊登在10月22日《新华每日电讯》，并同步被中央和多家省市媒体转载。中央电视台10月21日晚《新闻联播》播出驻安徽记者站站长彭德全领衔采写的专题报道《李夏：用生命诠释担当》。《光明日报》10月22日刊登常河采写的长篇报道《生如夏花——追记抗击台风中殉职的纪检干部李夏》。《经济日报》10月22日刊登驻站记者白海星、《宣城日报》记者顾维林联合采写的长篇报道《用生命践行初心——追记安徽宣城市绩溪县荆州乡党委委员、纪委书记、监察专员李夏》。

行动最早、持续关注时间最长、报道最多的《中国纪检监察报》，再次于 10 月 21 日、22 日推出长篇系列报道《生如夏花》《青山刻印他成长的脚步》，全国媒体齐齐发出纪检媒体强音。

一篇篇翔实生动的报道，不仅勾勒出"时代楷模"李夏的感人事迹，也把记者们自己的感动、感悟，深深融入其中。《人民日报》记者游仪、田先进在写完《为百姓，他不曾犹豫半分——追记安徽省绩溪县 33 岁殉职干部李夏》长篇通讯后，意犹未尽，又在篇尾附写一段《记者手记》:寒冬腊月里冒着滚滚浓烟扑救森林大火，山体滑坡时彻夜不眠三天三夜，狂风暴雨中毅然冲出家门奔赴塌方前线……火灾也罢，山洪也好，李夏总是无所畏惧、冲锋在前，把老百姓护在身后。李夏将为民情怀融入血液之中。新华社记者陈诺、水金辰在采访过程中了解到，"山核桃树爱在陡坡石头缝里长，越是崎岖越为茂盛"，由此感悟出李夏心甘情愿扎根基层、越是艰险越向前的崇高精神境界，由衷地发出赞叹:这株"山核桃"是青年人的硬核榜样!

10 月 23 日，中共中央政治局常委、中央纪委书记赵乐际，在中央纪委报送的相关宣传信息上批示:

对李夏同志的宣传反响好、效果好。要继续注重对于优秀纪检监察干部的宣传。

6

李夏出事的当天，在无锡当律师的胡广华，正好在家乡绩溪县城举办一场刑事辩论活动，当天下午，从老乡发来的视频中，他得知老家荆州暴发了山洪，并且洪水就要冲进他家的大门。想到只有年迈的父母在家，他心急如焚，恨不能马上赶回家。无奈的是，活动邀请了来自全国各地40多名律师参加，他是主办人，又是东道主，实在分身乏术。傍晚时分，他惊闻李夏书记出事。

11日中午，安排律师们返程后，他便急忙打听如何进山回到荆州，因为当时多处公路已被泥石流阻断。最后得知公路傍晚可以抢修通，他便打算连夜赶回。荆州公路被誉为"皖浙天路"，白天通行尚有几分危险，何况雨天夜晚，出于安全考虑，大家建议他晚上不要进山，还是明天一早再走。

12日上午，他匆匆赶回老家。一进家门，母亲就哭诉着李夏的事情，说他帮他们家搬东西，扶他们到后面山上，还安排在人家吃了晚饭，没想到他却被泥石流冲走了。

塌方地点就在他家河对岸不远处，老父老母就陪他去指给他看。山上撕裂的巨大豁口，路边被泥石流折断的大树，冲倒的土地庙,一片狼藉,惨不忍睹。他默默地给李夏点了一支烟,朝他出事的地方鞠了三次躬,然后跟着老父老母回家。

　　走到河的这一边,他不自觉地又回头看了一眼塌方的山体。就在同时,他看见了田里被洪水冲倒的一根根玉米秆。"李夏多像这玉米秆! 可惜他被洪水冲走了!"他不禁悲从中来,热泪盈眶。

　　12 日下午,经过南京看望了女儿后,他连夜驱车回无锡。在高速公路上,他脑子里潮起云涌,不断浮现着母亲哭诉的画面:李夏、王全胜、胡向明他们帮他家搬玉米、搬家具……护送一对母子匆匆走过塌方公路……"多好的孩子啊,年纪还这么轻,怎么就走了呢……"母亲的哭诉,给他情感巨大的冲击,令他愧悔在最危险的时候,没有守护在父母身边,是李夏替他做了为人子该做的事情。他感到一股锥心的疼痛! 一种强烈的倾诉欲望,渐渐酝酿出一股激越的诗情:

你与倒伏的玉米秆一样

不愿离开

我家乡,这美丽的地方

那就醒来吧,站起来

走回出发的水岸

让狂风退回一座座山

让洪水落回一片片云

让每一片云掉转方向

骑着"利奇马"奔回大海

假如泥石可以重新依附

这片大山

村口旁,那棵三百年的大树

还在守护家园,往那看

护送一对行走的母子

提醒同事系一下松脱的鞋带

我多想逆转这遗憾的时光

把风雨还给山河

把你送回家乡

你还在劝说我的老爹老娘

帮他们搬走一楼的玉米棒

我宁愿不熟悉你的脸庞

只希望我的每一次回乡

你还走在我家乡的路上

初心不因来路迢遥而改变

使命不因风雨坎坷而淡忘

我多想逆转这遗憾的时光

把风雨还给山河

把你送回家乡

胡广华的诗在宣城文艺界微信群首推后,迅速引起广泛共鸣。青春的凋谢、人格魅力的绽放,给予宣城音乐人巨大的情感冲击。袁和剑,这位对音乐事业充满执着的年轻人,读了诗人饱含深情的作品,心潮激荡,情不能抑,立刻设法联系上了诗歌作者胡广华,主动要求为《你还走在我家乡的路上》谱曲。

经过一个多星期的紧张创作、打磨,8 月 21 日凌晨完成曲谱创作,随即由青年歌手郭王演唱录制。8 月 23 日晚,在宣城市"音为有你,为爱开唱"——助力栋梁工程赈灾义演晚会上,《你还走在我家乡的路上》首唱赢得一片掌声。随后,宣城市文联微信公众号、宣城直播等平台迅速向外传播。安徽省文联微信公众号第一时间予以转播。

宣城市广大文艺工作者,纷纷以笔代心,以纸墨传情,创作并晒出一件又一件饱含深情的文艺作品,短短两个多月,就创作出诗歌、散文、美术、书法、音乐、舞蹈、情景剧等各类作品 100 多件。

11 月 11 日,宣城市文联、宣城市音乐家协会联合举办"生如夏花——缅怀李夏同志原创声乐作品演唱会",共推出《赞歌一曲唱忠魂》《不朽的丰碑》《生如夏花》《你还在》《你还走在我家乡的路上》《我想对你说》《忠诚》《你成了英雄,我们还活着》等 13 首原创歌曲。宣城文艺人的真情演绎,通过"直播宣城"微信平台现场直播以及其他媒体,把英雄的故事、对英雄的缅怀,迅速传递到四面八方,温暖感动了无数人。

暮云平，一位迁居外地的宣城籍诗人，曾经与很多年轻人一样，对乡镇干部存有偏见与误解。当他从网络上看到李夏牺牲的消息，特别是了解到李夏感人的事迹后，精神受到一次深刻洗礼，灵魂受到一次强烈震撼，颠覆了他以往对基层干部的所有认知。他以诗人炽热的情怀、冷静的笔触，写出了如下诗句：

曾几何时

我对'体制内'嗤之以鼻

对官僚主义和形式主义

疾恶如仇

也曾见识过某些基层干部的

倨傲骄横和漂浮作风

从未想过

要为一位素不相识的基层干部

写颂词

但今天却写得

心悦诚服

情难自控

从今天开始

一场台风

彻底涤荡了我

狭隘价值观中的灰色地带

从现在开始

我就该摘下自己短视

和浅薄的有色镜

向着那些有名的无名的英雄

光明磊落的地方官员

瑕不掩瑜的一线干部们

深深鞠上一躬

并且说声感谢和抱歉

7

天地英雄气，千秋尚凛然。一个有希望的民族不能没有英雄，一个有前途的国家不能没有先锋。新时代是一个产生英雄、崇尚英雄，也是一个需要英雄的时代。

10月23日晚，高杨村村委会的电视机前，早早聚满了人，原本七八点钟就要休息的村民，都在等着收看9点钟的《"时代楷模"发布厅》节目。

节目通过主持人和李夏同事、乡亲、亲人的深情讲述，生动还原了一个恪尽职守、耐苦奉献、充满大爱的基层优秀青年干部形象。

看着一幕幕熟悉的场景,听着一段段发自肺腑的讲述,回味往日一次次风雨同舟,大家一边看一边流泪,一边看一边轻声叹息。

接替李夏担任高杨村党建指导员的包文琪说:"我挺羡慕李夏的,羡慕他有这么多老百姓记着他、想着他。对一个基层干部来说,这不就是最好的肯定和褒奖吗?"

在发布仪式现场,大屏幕播出的短片,公开了多幅李夏生活工作的照片。其中一张是李夏和同事走在乡间的小路上,帮着许最轩老奶奶提南瓜的照片。李夏脸上洋溢着青春灿烂的笑容,这是李夏与群众心连心的生动写照。

电视机前,照片的拍摄者章毓青,这个与李夏共事七年多,每次下乡总是李夏开车带着他,还手把手教会他电脑操作的老同志,泣不成声:"一闭上眼睛,总感觉他还在身边,还那么开心地走在乡间的小路上。"

节目最后定格于一个画面:在开满金色菊花的山坡上,李夏露出了温暖而又绚烂的笑容。防灾科技学院艺术团的同学们深情演唱的歌曲《生如夏花》,对英雄李夏做出了最诗意的颂扬:

也不知在黑暗中究竟沉睡了多久

也不知要有多难才能睁开双眼

我从远方赶来恰巧你们也在

痴迷流连人间

我为她而狂野

我是这耀眼的瞬间

是划过天边的刹那火焰

我为你来看我不顾一切

我将熄灭永不能再回来

我在这里啊

就在这里啊

惊鸿一般短暂

像夏花一样绚烂

……

我是这耀眼的瞬间

是划过天边的刹那火焰

我为你来看我不顾一切

我将熄灭永不能再回来

不虚此行呀

不虚此行呀

惊鸿一般短暂

开放在你眼前

……

李夏的感人事迹在《"时代楷模"发布厅》播出后,让很多同样奋斗在基层一线的干部深受感动。

"李夏同志的先进事迹,为扶贫一线的扶贫工作队员指明了工

作方向,我因为他的事迹备受鼓舞,同时也为我党失去了这样一位优秀的年轻干部感到深深惋惜。"

——安徽省政协办公厅驻舒城县千人桥镇韩桥村扶贫工作队扶贫专干胡睿

"我还记得第一次入户走访贫困户,满目都是土坯房屋、塑料纸修补的屋顶,我受到了极大的触动。回去的路上,我在走访日志的扉页上,认真写下了'贫困不除誓不休'的承诺。""今天观看李夏同志的先进事迹,再次回想起初心和使命。李夏同志用自己年轻的生命,诠释了共产党员的忠诚、责任和担当。我们送别英雄,更要坚定干事创业的信心和决心,凝聚起奋进前行的力量,坚决打好脱贫攻坚战,向党和人民交上一份满意的答卷。"

——砀山县官庄镇扶贫干部杨毅

"对于党员来说,李夏同志就是一面不朽的旗帜。他昂扬的热情、执着的敬业精神、奉献的情怀,演奏了一曲无悔的青春赞歌,他用生命诠释了一名共产党员应该担当的责任和使命。我们要以他为榜样,牢记共产党员的初心和使命,把责任扛在肩头,做一名干净、担当、有为的共产党员!"

——合肥市公务员陈琛

"李夏说过,极耐得苦,故能艰难驰驱。他坚守在基层,与老百姓同吃同住,同甘共苦,舍小家为大家,这样的精神值得我们学习。"

——安徽大学学生方新怡

"李夏同志多年坚持工作在基层,不计得失,非常难得。面对台风和洪水,他没有退缩和躲避。这种危难时刻挺身而上的果敢精神,值得当代大学生学习。"

——安徽师范大学马克思主义学院教授戴兆国

第五章　追　怀

1

　　三毛说:"世上的幸福悲欢总结起来只有几种,而千行的眼泪却有千种不同的疼痛,那打不开的泪结,只有交给时间去解!"

　　李夏的不幸牺牲,让母亲褚虹感到剜心般的疼痛。

　　回忆起李夏出事那天的情景,她似乎还沉浸在惊恐之中:

　　8月10号晚上,按照惯例,他要和云萍视频聊天的,但等到晚上10点,还没有等到李夏视频请求。云萍打李夏电话也没有打通。我一开始认为可能是李夏工作忙,或者手机没电了,也或许在执行什么紧急任务。8月11号早晨6点多,李夏的电话还是没有打通。云萍就说想到绩溪去看看,我当时就答应了。云萍带着女儿下楼准备去绩溪,我在家里心里觉得很不平静,担心李夏会出什么事情。

过了不多久,云萍打电话给我说,可能李夏出事了,她打电话到李夏办公室,对方接通后马上就挂断了。我当时听了之后,心里就更紧张了。云萍对我说,她刚接到电话,绩溪县纪委的领导马上要到家里来,说让我们坐车一起去绩溪。我当时心里想,可能李夏在工作中被人打了,或者是开车撞人了,但我根本不会往出事那方面去想。

没过多久,绩溪县纪委领导就到家里来了,他们让我们上车,然后朝绩溪方向驶去。一路上,我们问李夏的情况,他们也不说。等快到绩溪的时候,绩溪县纪委书记杨书生说:"李夏妈妈,昨天李夏抗洪抢险失踪了,还没找到。"我的心跳突然加速,有点喘不过气来。但还抱着侥幸心理,觉得人没找到就不要紧,说不定在别的什么地方有事去了。

到了绩溪,县纪委安排我们在宾馆住下,那时还没有和我们说。到了中午,杨书生书记才对我说:"李妈妈,李夏找到了,但已经因公殉职了。"杨书记的话犹如晴天霹雳,让我顿时觉得天旋地转,差点晕了过去。然后我和云萍就一直在那号啕痛哭,感觉整个天都塌了,心里像刀割似的……

李夏爷爷是1999年去世的,李夏父亲是2010年去世的,李夏是

2019 年走的,相差都将近十年。人常说好人一生平安,可我这些和善、纯朴、与世无争的亲人们,为什么总是与磨难相随,一个个离我远去?命运为什么要这样无情地折磨我?

......

诉说起这些不幸,泪水一直在褚虹眼里打转。

但褚红又是一位深明大义的坚强母亲。她忍着内心的痛苦,劝慰儿媳云萍说:"你也不要太难过了。他不去,也有别人去,那是他应该做的。"

李夏牺牲后,褚虹从李夏同事那里看到了两张照片,一张是他在救火中被石头打得乌青的腿,一张是他光着脚坐在村民家里核灾。她一遍遍地摩挲着儿子的照片,作为英雄的母亲,她一半是心疼,一半是骄傲。

她对到访的记者们说:"李夏的父亲去世早,为了不让我担心,他从来没有跟我说过工作中的苦和累,每一次我提起来,他都是轻描淡写。现在我才知道,那个小时候凉鞋里进了沙子都要喊脚疼的孩子,现在终于长大了,已能光着脚板走村入户了!"

"李夏的死重于泰山,他是为人民群众而死的。我直到现在都不相信我儿子已经死了,昨天晚上我送孙女去学武术,我坐在那里,好像看到李夏笑嘻嘻地朝我走来。我当时头晕得不得了。我相信儿子不会走的,他一定藏在什么地方,以后一定会再回来的。我一直不相信儿子和我就这么短短 33 年的缘分!"

褚虹克制着白发人送黑发人的哀痛,用微弱的声音说着最有分量的话:"李夏的生命没有长度,但你们大家的宣传让他有了宽度。他做的事情,是每一个党员都会去做的。"

可说完这句话的时候,她的眼泪还是掉了下来:"我就是有点生气,他为什么不好好保护自己……"

长相思,长相忆。丈夫的离去,留给宛云萍的,是一次又一次的彻夜无眠和过往的一幕又一幕。

李夏牺牲后,宛云萍把她手机里李夏的照片,全都打印了出来,挂满了整个电视背景墙。她说:"我就想让女儿记住她爸爸长什么样子,在她成长的过程中,能时刻感受到她爸爸的存在。"

李夏虽然不在了,但宛云萍依然会在每个晚上,给他发微信,就像他从未离开过一样。8年了,这个聚少离多的家庭,早已养成了每天通个电话的习惯。她曾说李夏是"把群众放在心尖上,把女儿养在手机里",而如今,在女儿最需要他的时候,他却成了"活在手机里的爸爸"。

宛云萍说:"女儿两三岁的时候,经常冲着手机要爸爸,有时候哭闹哄不好,她就拍着我的手机喊:'爸爸爸爸,你出来,我要抱抱!'后来女儿大了,每天视频聊天,都会把手机架在钢琴上,和爸爸分享着每一点进步、每一刻欢喜。"

李夏遇难后,幼小的婉儿懵懵懂懂,也许除了宛云萍,谁也不知道她心中到底有多大的伤痛。

宛云萍含着泪说:

我也不知道婉儿是不是知道她爸爸出事了,我就是一直对她说:"等你以后长大了,有出息了,爸爸就会回来的。"婉儿听后总是似懂非懂地点点头。

当初婉儿让她爸爸给她买电话手表,就是想每天能跟爸爸聊天。李夏走后,婉儿就一直打她爸爸的电话,但一直没人接听。现在婉儿也不怎么用电话手表了,我就把电话手表充满电放在那里。

有一天,我问婉儿:"你不是一直吵着要电话手表吗?现在怎么不喜欢了?"婉儿说:"爸爸电话又打不通,我不喜欢他了。"

有的时候,我出去回来,婉儿就会让我"刷卡"才能进门,密码就是她爸爸的手机号码。有的时候我故意说我的手机号码,她就会说:"密码错误。"有时,一天要做好几次这样的游戏,我不想让李夏的影子在她生活里消失。

一般周末的时候,我会对婉儿说:"你爸爸让我带你出去逛一下。"其实,很多时候,我就是带她在小区门口看看。我对婉儿说:"我们看看爸爸有没有回来,等不到我们就回家。"每当这时候,她就变得非常听话、非常乖。

婉儿学妈妈的样子,也不断给爸爸发微信。宛云萍对她说,爸爸出差了,没有信号,所以回不了。有一天家里来了许多记者,她显得特别兴奋,说:"我爸爸做了特别厉害的事情,你们是来表扬我爸爸的,对吗?"说着又跑去练钢琴,恰好是一首《送别》。"长亭外、古道边,芳草碧连天……"每一个音符里,似乎都能听出她对爸爸的思念。

宛云萍说:

婉儿学钢琴已有一年时间了,现在已经会弹很多曲子了,例如《送别》《莫斯科郊外的晚上》《喀秋莎》。当时婉儿要学钢琴,考虑家庭经济状况,我没有同意。是李夏坚持要让女儿学习,并筹钱买了钢琴。有时周末他回来了,吃饭的时候,会对女儿说:"婉儿,你去弹支曲子给爸爸听听。"现在,她只能弹曲子给爸爸送别了。

十年恩爱,一世情深。李夏所做的每一件事,在宛云萍这里,都成了最美好的回忆。她说:

2019年3月份,我的眼睛莫名地疼痛,到医院一检查,才发现里面长了一个小小的肉球。我因为怕疼,就不想做手术。李夏就对我说:"怕疼咱就不去做了,你再丑我也不嫌弃你。"当时我们旁边站着一个六七岁的小男孩,和我的情况一样。我看小男孩做过手术都没有哭,估计不疼,就对李夏说,那我也做吧。医生很快给我做了麻醉。医生在做手术的时候,李夏一直在旁边叮嘱医生说:"你们轻点哦,我老婆怕疼!"等手术做完,李夏对我说:"你坐一下,我去一下洗手间。"

谁知李夏刚走,我就感觉头晕目眩,马上打电话给他。李夏说他马上回来。可是等李夏回来的时候,我就晕倒在地上了。

虽然我晕倒了,但我的意识还是清醒的,我感觉到李夏浑身都

在发抖。他试着把我抱起来,但试了几次,都没有把我抱起来。最后,在护士的帮助下,他才把我抱了起来。后来,我慢慢苏醒过来。我看着李夏满眼泪花望着我,就对他说:"我没事,不要哭了,好吗?"李夏看我苏醒过来了,才慢慢擦干眼泪,拉着我的手说:"老婆,你刚才吓死我了。我感觉我们两个人,谁离开谁都不行啊。"

过了一会儿,我们就从医院往家走。在路上我问李夏:"你上过厕所了吗?"李夏说:"你刚才一晕倒,我紧张得都忘了。只要你没事就好。"当时,我感动得一直在那哭。李夏看我哭,就说:"你的眼睛刚做完手术,千万不能哭,哭的话就容易感染了。"听了他的话,我才不哭了。

我是个比较多愁善感的人,以前喜欢看综艺节目,看到动情处,就会流泪。李夏就会笑话我说:"你傻不傻,那些都是导演设置的情景,不是现实生活。"由于担心我在家看情景剧伤心流泪,他就让我和女儿一起看动画片。他不想让我受一点委屈。

宛云萍说:

李夏今年定了一个奋斗目标,给女儿买一个平板电脑,给我换个手机,他自己换一个电脑。给女儿的平板电脑已经买回来了,就是让女儿学习任务完成后,可以玩玩游戏休息一下。给我买的手机也买回来了。他自己用的电脑,由于时间久了经常坏,想换个新的,可他一直没舍得给自己买。

李夏的节俭是出了名的,但在宛云萍的记忆中,他对家人却总是很大方。2016 年的一个周末,李夏突然给宛云萍带来两件礼物:一条项链,一副手镯。"你哪有钱买的?"宛云萍开心地笑着。李夏帮她将项链戴上,说:"我考核立了三等功,用奖金给你买的呀。"宛云萍很喜欢,但得知用奖金买的后,执意将手镯退了。

2019 年 8 月 31 日,这天是宛云萍的生日,那个原本说好要陪她过生日的人,已经走了 21 天了。她买了李夏喜欢吃的蛋糕,一个人来到李夏墓前。她用抹布将墓台擦拭干净,燃起三炷香,对着他的照片说:"你已经 21 天没有回来了。我不怪你。你答应我的事,这就算是做到了。"

此后的每一个周六,她都会骑着电瓶车去李夏的墓前坐一会儿,跟他说说这一周发生的事情。"以前的周六,都是等你回家看我们。现在就让我来看你吧。日子没有变,都是一样的。"

一天,女儿突然问她:"妈妈,我只知道爸爸长啥样,都不记得爸爸的声音了。"望着女儿天真幼稚的脸庞,宛云萍眼里噙满泪水。她掏出手机,打开自己和李夏的聊天记录,将他过去的语音,一点点放给孩子听。听着李夏熟悉的声音,宛云萍觉得,李夏仿佛还陪在自己和女儿身边,从没有离开……

不负韶华
——追忆"时代楷模"李夏

2

　　光阴真是既温柔又让人感伤,人生所有的故事,无不在光阴里流转,看似不惊不扰,却又真实不虚。

　　"人生太无常了! 我怎么也想不到,他会这样匆匆离去!"与李夏亲密共处七个多月的胡圣子,对李夏充满了兄弟般的情义。他说:"夏哥出事后,我们去清理他的办公室,想不到他房间里竟有那么多药,消炎的、止疼的、助消化的,收起来有一塑料袋。虽然以前我听说过他胃不好,但没想到竟这么严重,需要吃这么多药!"

　　与李夏情同姐弟的荆州乡党委委员、副乡长周燕蓉回忆:

　　出事那天中午,李夏还拎着刚买来的葡萄,给我摘了一大碗。没想到,从平常相处中,他发现我喜欢吃葡萄,他竟是这么一个温暖如春的人!

　　那天站在阳台目送着他走进雨幕,没想到,这一场大雨,竟会无情地吞没这位可爱的战友;没想到,那一眼竟是最后一眼,我们的永别,竟没有一句再见……多希望时光能倒流,你还能再走回来,和我们一起奋斗,一起坚守在荆州这块土地上!

　　提起李夏,王仙庄村村民胡日红热泪不止,李夏护送他们母子

经过塌方路段的情形,还历历在目,久久难忘。她动情地回忆当时的情景:

当天晚上,我听人家说,下胡家村村口处发生了大塌方,有乡干部失去联系,估计是牺牲了。听到这个消息,我非常震惊。后来听说是李夏书记,我感到太痛心、太惋惜了。那天晚上,我心跳加速,心一直都是"扑通扑通"地跳,一整夜都没有睡着。

现在回想起来,李夏书记对我们老百姓真是太好了!他为了我们老百姓牺牲了,实在太可惜了!他真是人民的好儿子!我们母子俩向他表示深深的感谢和敬意!

胡日红的儿子、大学生胡名晶说:

"当天晚上吃过晚饭,才听说有人被泥石流冲走了。后来才知道,就是那位护送我们到安全地段的同志……我和母亲难过得好几夜没睡好。真是太不幸了!作为一名即将走出校园的大学生,李夏书记这种舍己为人的精神让我感佩、难忘!我将以李夏为标杆,以后无论在什么工作岗位上,都不忘记服务群众,努力做一个对社会有用的人。"

胡盼盼,五年前考取绩溪县乡镇公务员,被分配到长安镇,与李夏同在党政办工作。因为李夏比她大不了几岁,她就亲切地叫他"夏哥"。李夏的离去令她伤怀不止:

"党政办工作多而杂,需要速度更需要细心,千万不能急躁!"这是我初到长安镇党政办时,夏哥对我说的一番话,也是一份"工作指

南",让我终身受益。

那时的党政办只有三个人,工作任务非常繁重,每天需要耗费大量脑力和体力。当时的李夏虽是党政办副主任,但却像大哥哥一样,无微不至地照顾我们,重活累活脏活一般都不让我们做。每天他都会早早地来到办公室,提前烧好开水,擦好桌子拖好地;每逢镇里召开大会,搬桌椅等重活基本上都是由他承包,"音响师"的角色也从未旁落。他总是默默无闻地干着,从未有过怨言。

"夏哥,这台打印机又卡纸啦!""夏哥,电脑突然黑屏啦,咋办?""夏哥,这电灯咋老闪?"理工科出身的李夏,在我们同事眼中,简直就是位名副其实的"技术控"。打印机、电灯、电脑……只要出了毛病,有夏哥在,一切都不是问题。

"是金子在哪里都能发光。"2017年3月,李夏因表现出色,被组织重用,提拔为镇纪委副书记、监察室主任,并担任高杨村党建指导员。我当时恰巧也是高杨村的联村干部。高杨村在绩溪县是偏远而又落后的山村,每次去一趟,都十分不容易。下村开展联村工作,李夏总是"私车公用",热情地载着我们一起去。

为彻底解决高杨村的卫生环境"老大难"问题,李夏到村里的第一天,就带领我们徒步走遍了村子,回来后便初步制定了村卫生整治方案,随后又亲自带着联村干部、村干部、保洁员一起清理卫生死角。后来,细心且善于思考的他,发现如果污水处理不当,不仅会影响村民居住环境,而且会严重损害老百姓的身体健康。于是,他东奔西走,积极向上协调争取污水处理项目,最终拿到了200多万元项目资金,将一个崭新的高杨村展现在村民面前。

然而,如今干净整洁的高杨村,却没能等到他再看一眼……

记得那时的我,怀孕已有8个多月了,每天行动十分不方便。李夏见状跟我说:"你现在有孕在身,万万不可大意。高杨村路途遥远,地形高低不平,你就别去了,联村的事情交给我,你就在办公室里做一些其他的工作吧!"

考虑到贫困户白天可能要干农活没有时间,李夏大多是吃过晚饭后再去走访。即使后来调离到了荆州乡,他依然牵挂着贫困户的生活状况,经常打电话询问,有时还抽空回村里看望他们。在老百姓眼中,李夏就像亲人一样,带来的是一分温暖、一分感动、一分踏实。

我休完产假后,被安排担任镇纪检监察员,与李夏有了更多的接触。记得他跟我说的最多的一句话就是"纪检监察工作性质特殊,我们来不得半点马虎"!每天晚上下班后,住在镇里的他,都会在办公室里学习纪检监察业务知识,往往直到食堂阿姨扯着嗓子喊:"李夏,吃饭喽",他才会放下书本走向食堂。那背影,令我至今难忘!

人生最无奈的离别,是再也等不到重逢的那一天。胡盼盼说:"当我看到李夏的妻子泪流满面地站在李夏遗体前,一遍又一遍地呼喊'李夏,李夏,李夏……'看到他还不懂事的女儿,将最心爱的玩

不负韶华
——追忆"时代楷模"李夏

具放在墓碑前,说,'爸爸打怪兽,爸爸保护我',我的心都碎了。"

胡盼盼怀着难以抑制的悲痛,写了一首古体诗,表达她对"夏哥"的无尽缅怀:

> 初秋送君至屯光,千里悲恸断柔肠。
>
> 持刀刺向"利奇马",青山一碧好儿郎。
>
> 天若有灵天亦老,江河含泪万木伤。
>
> 胸怀百姓倾生命,愿把英魂寄世长。

与李夏同事三年多的方玲,记忆中保存着一段段美好的往事:

印象中的夏哥,老实、朴素、能干,这大概都是贴在他身上的"标签"。每当想起他,就总是想到他笑眯眯地说"那怎么搞呢,事情总要有人做"……因为家在屯溪,工作日他都住在镇里,以前我值班的时候,吃过晚饭都会和他一起去散步,散步后他都会回办公室加班,路过他办公室门口,总会看到他忙碌的身影。

以前他在党政办,一般开大会的时候,都会带着我们一起做会务工作,搬桌子椅子打水这种重活,他都是主动抢着干;党政办打印机卡纸、电脑坏了,我们都会向他求助……

记得2018年"6·30"洪灾的时候,他负责上门核实农户受灾情况,我负责录入登记。我录好后他还不放心,特地跑来大厅,告诉我要仔细核对,不能遗漏,不要让农户再受到更大的损失……这虽然是一件小事,可从中也能感受到他认真负责的工作态度。

洪汀也曾与李夏在镇党政办共事过,她回忆说:

李夏的话虽不多,但待人真心实意,工作上经常指导我——"工作就是要做,更要找到适合自己的方式方法去做好","工作时不要发脾气,发脾气对皮肤不好","这段材料的表述,要不要再斟酌一下"……他总是那样不厌其烦,常常被我们几个女同事弄得哭笑不得。"领导都到村工作去了,材料怎么审核上报呀?""打印机怎么不工作了?""党政办电话怎么忙音了?""A4 纸用完了"……我们仿佛有无穷无尽的问题,而问题一来,头脑里想到的都是"救星"夏哥。他再忙,也不会对我们发脾气;再累,也会耐心解答我们的问题。

洪汀回忆说,有一次,李夏的女儿放假了,他妻子带着女儿到长安镇来看望他。妻子很贤惠;女儿很可爱,长得很像他。她对李夏说:"你女儿好可爱啊!"李夏看看女儿、看看妻子,眼睛里满满的是幸福与喜爱。

留在洪汀记忆里的还有那场大雪。为了尽快疏通道路,也为了保障人民群众的生命财产安全,每次大雪预警时,全镇的干部职工都会自愿留在镇里值守。2018 年的第一场雪来得很猛,下了整整一夜。第二天一早,当大家起来准备上街扫雪时,李夏早已将镇政府大院的积雪扫到了院两旁,清理出了一条道路。雪花飘落在他身上,他穿着妻子给他缝制的冲锋衣,手早已冻得通红,嘴里不停地哈着气。"怎么起这么早啊?"有人问他。"我起来活动活动,看这温度越来越低,万一这雪结冰了就不好扫了……"

这样的扫雪故事,长安镇每个干部都能说出几段。

李夏为人忠厚、助人为乐,不仅同事们有口皆碑,连同事的家人也能道出一二。

余洪华曾经与李夏同事,他妻子洪洁记得一桩难忘的往事:

记得 2017 年的时候,有一天晚上,我老公骑电瓶车回家,途经过境公路,因路面不平,连人带车摔在大坑里,造成轻微脑震荡,肋骨、锁骨骨折。我接到电话赶到的时候,李夏已经在现场了,他和我一起将我老公送到县人民医院,找医生、开单子、拍 X 片、做检查、拿药品,跑进跑出。当把我老公送进手术室后,已经晚上 11 点多了。我对李夏说:"太迟了,今晚多亏了你帮忙,早点回去休息吧!明天还要上班呢。"李夏说:"不要紧,再等等,万一有事还有个帮手。"当做好清创手术治疗后,李夏又扶着我老公到病房,办理了入院手续。我过意不去,对他说:"今晚基本没事了,你先回去吧。"李夏说:"不急,我再陪陪洪华。"

直到凌晨 2 点多钟,我老公已清醒许多,伤情基本稳定了,我让李夏回去休息,他这才起身离开。临行前,李夏还不忘叮嘱我要好好照顾洪华,多注意观察病情变化,有情况及时给他打电话。

第二天一下班,李夏又赶到医院,拿着奶粉和麦片,叮嘱我一定要按时吃,加强营养,让洪华早日养好身体。记得当时我问老公,怎么李夏当时就在场。他说他也记不清了,依稀记得当时打了几个电话。我翻看手机记录才发现,出事时,我老公第一时间拨的是我和李夏的电话。

平时不忘嘘寒问暖,真正需要的时候,又能让你第一时间想到。李夏就是这样一个在你需要的时候,就会出现的人。

3

"为什么我的眼里常含泪水,因为我对这土地爱得深沉。"

李夏在绩溪乡镇 8 年打拼,用心倾听民声,用脚步丈量民情,不仅给领导、同事留下了勤恳敬业的好印象,更在百姓心中留下了亲民爱民的好口碑。

作为李夏的班长、兄长,荆州乡党委书记舒添巍,说起这位小老弟,无不又敬又爱又难过。他说:

李夏在危急关头献出了宝贵的生命,我深感痛心,夜深人静的时候,总会想起与他一起工作、一起拼搏的点点滴滴。回想与他共事的短短 7 个多月,他的一言一行,让我深切感受到他是乡里每一位同志的示范和榜样。

对李夏,可以用这样几句话评价。一是坚持初心,一心向民。看他的读书笔记,从他的学习情况、个人的喜好,可知他不是一个追求生活浪漫的人。他晚上一般和家人视频通话,要不就是在宿舍里看看书,要不就是晚饭后在小九华这条路上走一走。平时话也不

多,比较低调、腼腆。读书读得多,读书笔记记得多。他看完一本书,总要写点自己的心得体会。他和干部交流的时候,大多数是强调要好好学习,要心中有党,心中有民。二是坚韧不拔,一心为民。8月5日那天晚上,他在下胡家村组织召开党员大会,安排山核桃护收工作。当时乡里的动员会还没有开,他就提前把工作给安排了。8月7日晚上,他又在村里召开支部会议和村"两委"会议,会上他上了党课,通报了扫黑除恶方面的事情。8月8日,他走访贫困户汪云安,白天就去了三次,晚上又约了村支部书记再去。8月9日,我在县里开完会就赶到乡里,当时雨还不是很大,他正在准备"三个以案"的资料,晚上,他又去下胡家村交代防范台风"利奇马"的事情。可以说,他是不分白天黑夜在工作,一直到生命的终点。三是坚持原则,一身正气。他到村里开展执纪监督的时候,查得都很细,例如村里上报防汛值班人员时,他都是一个个核对,确保到时值班人员能在岗在位。

舒添巍说,李夏出事当晚,乡里断电断水,在李夏精神的感召下,1000多名村民自发投入生产自救中来,修水修电修路,2天时间就把水电抢修好了,3天内实现了全乡全村通水,凡是洪水经过的地方都进行了全面消毒,没有发生一起疫情。到9月初,所有的林道也全部修整完毕,为山核桃顺利采收创造了条件。现在全乡干部群众正以李夏精神为动力,努力把荆州这个偏远的乡村,建设成富裕文明美丽的乡村。

高道飞,这个一眼瞅准李夏"是这块料"的基层党委书记,一个以"好干部"标准,不断栽培"这块料"的好领导,看到亲手栽培的好苗子就这样不幸夭折,他感到万分痛心,久久不能平静。他对采访的记者说:

我对李夏的印象很深。他是优秀的年轻干部。

我刚到长安镇时,李夏当时在党政办,他把我办公室认真整理了一下。我当时就觉得这个小伙子蛮勤快,很不错。我早晨到办公室一般都比较早,7点一刻我就到办公室了。每天早晨到办公室,李夏就把我热水瓶的水打好了。由于他是外地人,吃住都在镇里,只要老百姓到镇大院里一喊,他总会带着笑脸第一个出来接待,"有事情找李夏"成了老百姓的一句口头禅。不管是分管还是不分管的工作,只要老百姓喊,即使他正在食堂吃饭,也会放下碗筷第一时间跑出来接待群众。当时我就觉得这个小伙子综合素质、为民情怀都比较好,又有责任心,这正是我们党需要的好干部。一个干部即使能力再强,本事再大,如果不把老百姓利益放在心上,也不是好干部。

李夏虽然年轻,但这个同志理想信念坚定,是个心中有党的干部。我们镇每年春节前都要开一个年轻干部座谈会,李夏的发言提纲让我印象最深刻。他强调青年干部首先要学理论,学政治;其次要学业务知识。青年干部要经常问自己三个问题:为什么到这里来工作?在这个岗位上怎么才能把工作做好?将来你离开这里时,你给别人留下了什么,别人对你如何评价?李夏讲的实际上就是初心

使命。我们来到乡镇就是为了老百姓,就是为人民服务的。在岗位上就要有担当,以后离开了这里,要给群众留个好的评价。

李夏是把老百姓放在心坎里的好干部。他扶贫帮困所做的点点滴滴,都实实在在,得到了老百姓的认可和很高的评价。在最危险、最紧急的时刻,他总是冲在第一线,时刻用合格共产党员的标准严格要求自己,身体力行,率先垂范,甚至不惜牺牲自己的生命。

他也是一个充满爱心、充满热情的干部。他对自己比较苛刻,从来不舍得为自己多花一分钱,但对贫苦老百姓却乐于资助。高杨村有个村民在黄山市人民医院住院,他听说了,就主动到医院去看她,还给了500元钱。虽然家境不怎么宽裕,但他生活得阳光灿烂,每天都要和妻子、女儿、母亲视频聊天,把妻子、女儿"养"在手机里。

他还是一个敢于动真碰硬的人。由于他大公无私,所以被处理的干部都心服口服。

还有一个令高道飞既感到温暖又有些自责的记忆。那是2019年春节,李夏从屯溪回荆州上班,特地绕去他家看望他。李夏带着一袋茶叶、一袋香菇,算是给他拜年。高道飞说:"来看看就行了,不必带礼物。"李夏说:"都是自己家里日常用的东西,请书记收下。"

高道飞回忆说:

"我看着那一袋茶叶、一袋香菇,都是普通塑料袋包装的,的确就是一般的日常用品。但在那一刹那,我又觉得这不是一份普通的礼物。他已经调离长安镇,过去我们之间也从来没有过礼物往来。

现在离开了,已经不在一起工作了,他却特地赶来看望。我的确有点被他感动了。按照纪律规定,我不能收受他人礼物,因此我再三婉拒。但看他那么真心实意,那么不知如何是好的为难样子,最后我将礼物收下了。

我觉得收下的不是一份礼物,而是一分真情。"

高道飞总结说:

"李夏的快速成长,得益于他自己的努力,但更重要的是得益于县委的正确用人导向,得益于组织对年轻干部的关心培养。我们镇有很多年轻干部,可以说有一大批像李夏这样的好干部。中纪委领导过来组织召开座谈会时,我们有十七八个年轻干部参加了座谈会。发言结束后,中纪委领导评价说:'你们中间有千千万万个李夏。'"

4

2019 年 6 月开工建设的高村到胡村塔机耕路,是李夏生前帮助争取的项目,路长 800 米,宽 5 米,已全部由砂石铺成。机耕路两边是一片一片的菊花地。深秋的清晨,一朵朵黄山贡菊含着露珠,明艳可爱,将高杨村这片土地,装点得格外美丽。在这片李夏用青春

与梦想奋斗过的地方,漫山遍野怒放的菊花,寄托着乡亲们对他的无尽哀思。

高杨村污水处理项目开工的那天晚上,王庆华一个人坐在堂屋里,想想不到一年前的今天,李夏为了村里的环境治理,为了老百姓的身体健康,还在绞尽脑汁东奔西走。今天,项目已经开工了,李夏要是在,他会有多高兴,笑得会多灿烂!他不由自主地拿起手机,又一次点开了李夏的电话。

"我知道也不能打,打也是打不通了。但我就是想念他呀!"

李夏的牺牲,留给这位工作上的搭档、生活中的老兄无穷无尽的思念与怀想:

本来我们准备今年8月10日开工的,当时我还和他提前联系了,邀请他回村参加开工典礼。他爽快地答应了。他说:"那天正好是周六,我早点去高杨村,然后再回屯溪老家。"谁能想到,只差两天,他就出事了!后来,我们把开工仪式推迟到8月16日了。

"如果没有8月10号的那场意外,他是一定会来的!"王庆华那么肯定地说。

在王庆华记忆中,这个小伙子简直不知道什么叫累,什么叫苦。2018年1月,长安镇突降大雪,道路结冰不能通车,李夏便从长安镇走到村里,召集村"两委"干部、党员、村民代表等一起铲冰除雪,确保村民出行安全,还特意到困难群众和贫困户家中嘘寒问暖。2018年4月底5月初,一场早汛给际下水库造成险情,他总是天不亮就起床赶到村里,到际下水库查看险情。4月27日这天,他安排挖掘机作业,自己穿着胶靴下到水里,与村干部一起清理大坝、泄洪道,终于排除了安全隐患。

"有人说他这样做可能是为了政绩。我敢保证说,他是真心为老百姓做实事、做好事,不是为了个人政绩。因为他做这些事情,从来没有自己对外宣传过,只有我们村子里的人知道,镇里少数干部知道。他对村里的扶贫工作也做了很多事情,积极落实扶贫政策,想方设法让贫困户尽快脱贫致富,年纪轻的就指导他们种植菊花增加收入,年纪大的就让他们搞家庭养殖,养猪和牛之类的。村民都说李夏不简单,是好干部,为村里做了许多好事。"

王庆华介绍,现在村"两委"干部在村里值班都比较正常了,以前农民到村里办事经常找不到人,现在情况比以前有了很大改变,轮到谁值班,就必须在村里值班,有事必须请假,出了事值班人员必须负责。民风也悄悄转变,过去红白喜事随礼五六百、七八百,大家都觉得压力很大,李夏在开党员大会时倡导不要互相攀比,现在大家人情往来的标准都降下来了,互相攀比的风气被扭转过来了。

在高杨村村委葛洪亮心中,李夏不仅是"亲人",更是她的"恩人",一提到李夏对她家的好,她就泣不成声。

她说,李夏到村里办事,曾多次到她家看望,碰到她家收割油菜、栽种菊花时,还下地帮助干活。2019年3月发生意外受伤后,李夏听说了,专程到医院看望,并留下500元钱,后来看到村干部微信

群为她募捐,李夏又托扶贫队长胡德新转来100元。她说:"我在医院昏迷了整整一个星期,李夏来的时候,我还在昏迷中,家里人也不认识他。后来听家里人说了情况,我就猜到是他了。他收入也不高,自己家也有生活负担,给我这么多帮助,我怎么感谢得了啊!"

听说有记者要来采访,在杭州看病的许冬仙大妈,特意将家里的钥匙寄给住在县城的亲戚,再叫亲戚送到村里。她说:"我就是想让记者去我家看看,这些年,李夏真帮我们贫困户做了很多实事。大伙说再多,也不如他们亲自去看一眼呐。"

村民王秀萍始终忘不掉第一次见到李夏时的情景:

那天我挑着担子走在回家的路上,因为挑的东西比较多,我就走走停停。这时,迎面走来一个小伙子,脸圆圆的,戴着眼镜,那时候我还不认识李夏。他看到我挑的担子很重,就走到面前对我说:"大妈,您到哪里去啊?我来帮您挑一段路吧。"我说:"不知道你能不能挑得动呵?"李夏说:"我试试。"他就主动接过担子,帮我挑了好一段路。我们山里人挑担喜欢带一个叉子,挑累了,就用那个叉子撑着扁担休息。李夏不会用叉子,就一直挑着走,但他走得还挺稳的。他帮我挑了好长一段路,一直快到我家门口。

那次我太感动了,就觉得这个小伙子,人怎么这么好。后来,我才知道,帮我挑担子的小伙子叫李夏,是我们村的党建指导员。后来我和他渐渐熟悉了,不管在哪里碰到,他总是老远就喊:"大妈,您这是去哪儿?又要去忙吗?"每次他喊一声"大妈",我都感觉很亲切,就像自家人一样,没有一点官架子。

在李夏指导下,王秀萍家种了8亩菊花。由于家里劳力不够,她从外村请了四五个人来帮忙采摘,每天凌晨3点钟就要起床,先烧一大锅饭,等采摘工来吃了,天一亮就到地里去采菊花,一天只能休息4个小时。她想起从前李夏总是劝她多休息,不要那么累,心里就非常难过。她说:"我两个儿子结婚买房时都花了不少钱,我现在还能动,就想力所能及地帮他们一下。现在还有很多人情往来,花费也不小,我和老伴现在种菊花,每年多少能有些收入,基本不要儿子们负担,也给他们减轻了压力。"

王秀萍是到北京参加时代楷模发布会的群众代表之一,回忆起与李夏相关的点点滴滴,她仍然情不自禁,泪水涟涟:

当时到北京录制"时代楷模"发布会的时候,一站在舞台上,我就想哭。导演对我说:"大姐,您不要哭。"我说我止不住,一说到李夏我就想哭,他那么年纪轻轻就走了,真的太可惜了!

李夏出事的事情,我一开始并不知道,后来有村民在手机里看到了,就到我家来告诉我,说李夏出事了。我当时还不相信,于是就跑到村里去问。村里的书记对我说是真的。当场我就哭了,心里空落落的,难过极了。安徽电视台记者来村里采访的时候,我当时家里比较忙,没有和记者去说。后来中宣部组织记者到村里来采访,正好那天我在扫地。记者看到我就问我:"阿姨,您认识李夏吗?"我说我认识啊,当时我就说了如何认识李夏的事情,说过后,我就回

家了。

没想到第二天很早,中央电视台记者就到我家来了,对我说:"您昨天说得很好,今天过来想请您说得再具体一点。"我第二天说得比较多,大约有40分钟。看见我比较忙,记者就对我说:"阿姨,您先喂牛吧。"我老伴在做污水处理工程的时候,手被石头砸伤了,帮不上忙。我把牛喂好后,记者就带我到村里去采访了一下。又过了一天,镇里人大汪主席又带着我到镇头林场去拍摄。这就是后来大家看到的画面。

王秀萍说,李夏对大家的好,不是她一下子能说完的,她只能说个大概。8月13日,李夏火葬的时候,因为家里有事,她没有去送李夏最后一程。10月20日,村民到屯溪李夏墓地去看望李夏,由于身体不舒服,她让自己小儿子去的,她特地摘了满满一篮子菊花,让儿子带到李夏墓前,表达她的一分心意。

在"时代楷模"发布会现场,王秀萍拿着一束菊花上台的画面,感动了电视机前无数的观众。她回忆说:

我当时带了一束菊花到北京,就是想表达对李夏的感谢,他为了我们村里种菊花的事情操碎了心。李夏调走的时候,还专程到村里来对我们说,有空他一定会回来看我们的。

有一天晚上8点多了,他带着技术员到我家里看菊花,我看天色晚了,想留他们在家里吃饭,可他就是不愿意,连水都没喝一口就走了。

　　李夏帮扶的对象就住在我家后面,不管是白天还是晚上到帮扶农户家去,他都要来我家看看。那天李夏帮我把担子送回家时对我说:"大妈,以后你要少做点农活,我看你这么瘦。"从那以后,李夏不管在哪里看到我都会问:"大妈,您最近怎么样?累不累?要多注意身体!"他知道我血压比较高,每次过来都对我说:"大妈,您血压高,您就少做一点,身体要紧。"他还经常说:"你们大家都要互相帮忙,团结是最要紧的。我要看到你们都丰收,我要看到你们扭秧歌。"

　　李夏不仅对我家好,对别的群众也都很好。他来我们村子的时候,看到别的老人背玉米之类的,都会主动去帮一把。

　　王秀萍说,她是个比较感性化的人,在采菊花的时候,总是对别人说李夏的事情,一说起来就哭。"她们要我不要讲了不要哭了。我就说:'如果没有李夏,就没有我们现在的好日子。他是好干部,走得太早了,太可惜了!如果可以用命去跟他换的话,我愿意拿我的命去换。'"

　　惦念李夏的,还有章树花老奶奶。她家门前有一块空地,原来是用木桩围着的,村民骑车停车、拖东西,进出很不方便。现在老人家主动把木桩全部拔掉了。她说:"我要向李夏同志学习,让地方给大家停车。"

尾 声

　　2019 年 10 月 20 日,皖南的天空秋高气爽。这段时间,高杨村最早的菊花刚采过,晚一点的菊花还没有盛开,正好大家有时间。听说村委干部要去屯溪看望李夏,大家都来找村书记王庆华,要求一起去看看他。为满足大家的心愿,村里又组织了两辆中巴车,载着高杨村的丰收,载着群众的满腔情意,来到 65 千米外的屯溪,来到李夏的墓前。

　　墓地在一座小山的半山腰上。他们带去了一筐新摘的菊花,这是今年盛开的第一茬菊花。他们要亲自送给李夏看看,这就是他手把手教他们种植的菊花。大家依次走过李夏的墓前,恭敬地放下菊花。王庆华代表全体村民,向着墓碑上的照片说:"李夏书记,你教我们种的菊花都开了、丰收了,你要记得回去看看啊!"

李夏的母亲、妻子、女儿都来了。失子的伤痛,让瘦弱的褚虹更加憔悴。她带来了许多礼物,有给种植户王秀萍的,她听说秀萍大姐的丈夫受伤了,特意给她带了些奶粉;有给其他贫困户的,因为她记得李夏说过,谁家缺什么,谁家喜欢什么。

起初大家都推辞着。可李夏的母亲说:"我家李夏要是在,也会这么做的,这不是他不能做了么,你们一定要收下。"

宛云萍知道他们当中很多人的名字,王庆华、胡中武、王建兴、许冬仙、冯兰香……这都是李夏往日里跟她念叨最多的乡亲,宛云萍向他们一一点头致意,表达深深的谢意。

2019 年 11 月 18 日下午,致敬"时代楷模"——基层青年纪检监察干部李夏同志先进事迹报告会在安徽大剧院隆重举行,省委书记李锦斌出席并讲话。报告团成员一句句朴实的话语催人泪下,展现出的一个个动人场景感人肺腑。

宣城市广播电视台节目主持人鲍璐,以与李夏同龄人的身份,深情讲述了自己三个多月来的一次次采访经历,遇见的人,听过的事,受到的感动。她说:"在采访的日子里,我刚好度过了自己 33 岁的生日,因为同龄,我总是一遍遍地扪心自问:李夏做的,我能不能

做到？我能不能做好？那天,我在我的记者手记里郑重地写下一句给自己的话:最好的缅怀,是英雄走后,我愿意活成他的样子!"她的讲述表达了无数人的心声,赢得全场强烈共鸣。

12月2日,经过三个多月的紧张筹备,李夏同志先进事迹陈列馆对外开放。设于绩溪县博物馆内的陈列馆,展示了"时代楷模"李夏短暂而灿烂的一生,相关文字、图片、视频等珍贵资料及生前遗物,展示了他在绩溪县扎根基层、服务人民的感人事迹,生动再现了他"对党忠诚最守初心、对职责使命最能担当、对人民群众最有感情、对纪检监察工作最敢较真、对各项事业最讲认真"的光辉形象。

英雄已逝!但英雄的名字长存!英雄的精神将永远激荡在人们的心中!